Enlevée par le Zandian

Renee Rose

Rebel West

Traduction par
Catherine Tessier

Traduction par
Valentin Translation

RENEE
R⬤SE
claimed by love

Livre gratuit de Renee Rose

https://BookHip.com/QQAPBW

Chapitre Un

K *ailani*

Si je n'échappe pas à mes geôliers avant la vente aux enchères de demain, je suis morte.

— Elle va nous rapporter une fortune. Je sens déjà les steins.

Le rire gras du gardien me tend. Il agite ses mains de six doigts comme s'il amassait les pièces brillantes.

Mon estomac se noue.

— On peut demander le prix qu'on veut. Les Ocretians sont impatients de réaliser une rétro-ingénierie sur elle pour récupérer ses propriétés antivirales et éliminer les maladies chez leurs esclaves humains.

Le responsable ricane, un son ne correspondant pas à son gros corps verruqueux.

— On pourra prendre notre retraite.

— On a la marchandise la plus précieuse de la galaxie.

Les deux Kraas se regardent de part et d'autre de la vieille table ; malgré leurs plaisanteries vantardes et leur peau verte assortie, il est évident qu'ils n'ont aucune confiance dans leur partenaire. Leur alliance est forgée sur l'avarice et le désespoir. Moi, je suis le malheureux objet qu'ils prévoient de mettre aux enchères.

Je quitte le judas placé haut dans le mur de ma cellule et je redescends la paroi de ciment, telle une araignée, en enfonçant mes doigts et mes orteils nus dans les fissures de la texture granuleuse. Mes muscles et mes tendons bioaméliorés me permettent d'escalader des surfaces inaccessibles aux humains normaux.

Quand je me retrouve à un mètre du sol, je me tourne et saute silencieusement sur la terre battue. J'atterris sans effort en effleurant à peine la poussière du bout des doigts de ma main gauche. Mes boucles ondulent autour de mes épaules.

Il fait nuit noire dans ma cellule, mais mes yeux, perfectionnés avec une procédure particulièrement douloureuse il y a plusieurs cycles solaires, donnent la possibilité à mes cônes et mes bâtonnets de capter la plus infime trace de lumière. « Comme un animal sauvage », m'a décrite le médecin-chef avec fierté quand j'ai été présentée à un groupe secret de politiciens kraas.

J'arpente la pièce d'un pas feutré. Les Ocretians ont la réputation d'être brutaux avec leurs esclaves humains et ils sont désireux de trouver des moyens de les faire travailler plus dur, plus longtemps et plus vite. Ce que le responsable veut dire avec son euphémisme de rétro-ingénierie, c'est que ce peuple souhaite effectuer des expériences pour évaluer mes fonctionnalités améliorées avant de me disséquer.

Si je me retrouve entre leurs mains, cela n'augurera rien

de bon pour le reste de ma courte vie. Bien qu'elle ne soit pas géniale pour le moment...

Je prends de grandes respirations pour repousser la panique. J'inspire et j'expire, jusqu'à ce que mon rythme cardiaque ralentisse et redevienne régulier.

— Tu peux le faire. Tout est possible à ceux qui ont le courage.

Je récite ce mantra dans ma tête.

Une autre esclave, l'un des premiers prototypes de moi, me l'a murmuré un jour, pendant une leçon. C'était avant sa mort sur une table d'opération kraa.

Elle a affirmé que c'était un adage terrien prononcé par un roi farouche et victorieux, et a ajouté que depuis nos origines les plus reculées, nous avons des ancêtres qui n'abandonnaient jamais. Elle m'a incitée à le dire à tous les humains que je croiserai.

J'entends le bourdonnement des conversations qui se poursuivent. Je me hisse donc à nouveau pour regarder par le petit espace entre les poutres de métal.

Mes propriétaires sont debout près de la porte, la lumière jaune rend leur peau cireuse et accentue les éruptions vérolées de leurs visages. Il se peut qu'ils soient parmi les rares Kraas en vie dans cette galaxie, mais pour le moment, ça n'a pas d'importance qu'ils soient deux ou deux millions : tant que je suis enfermée sous leur garde, je n'ai pas d'avenir.

— Tu as sa réserve de médicaments ? demande le responsable en examinant la pièce. Sans eux, l'acheteur ne paiera pas le prix fort.

— Bien sûr que je l'ai, répond le gardien, nerveux. Mais tu n'as pas à savoir où ils sont, mentionne-t-il en riant. Ne prends pas la peine de les chercher. Tu ne les trouveras pas.

Il ricane et bombe le torse ; une démonstration de puissance typique des Kraas. L'expression du responsable passe de la frustration à la neutralité.

— Cache-les jusqu'au coucher du soleil. Sans eux, elle sera entravée. On les lui administrera quand elle sera menottée à la vente aux enchères, pour que les acheteurs puissent la voir fonctionnelle.

— Je suis d'accord, réplique le gardien en riant. Laissons-la souffrir ce soir. Elle sera plus malléable.

Ils quittent la pièce en refermant bien la porte derrière eux.

Je soupçonnais qu'ils emploieraient cette stratégie et pourtant, l'angoisse qui m'envahit à toute vitesse est presque insoutenable. Je parviens à peine à atteindre le sol, cette fois, puis je me roule en boule sur la couchette ferme.

Cette cellule est peut-être imparfaite, mais elle est assez robuste pour me retenir captive, même avec ma force augmentée. Il me serait impossible de creuser un tunnel ou de franchir ces murs épais, surtout avec cette migraine paralysante qui se pointe.

Elle commence derrière les yeux. Les sensations arrivent petit à petit comme de l'eau froide ruisselant dans mon crâne. Je vais bientôt me tordre de douleur et je serai aveuglée par mon agonie. Ils m'ont conçue ainsi pour que je reste dépendante de leurs médicaments. Sans eux, je ne peux survivre.

— Rien n'est impossible, me dis-je. J'ai environ quinze minutes avant que ça me frappe, et je vais utiliser chaque seconde pour revoir mon plan d'évasion.

Ils m'ont créée, mais ils ne peuvent contrôler mon esprit. Et je préfère mourir au cours d'une tentative ratée plutôt que de devenir la propriété des Ocretians.

Je compte le temps tout en pensant, mes neurones font

des heures supplémentaires. Je croise les doigts et je fixe le noir du regard.

— Rien n'est impossible...

La vague de douleur me submerge et je m'effondre.

* * *

Khrys

— J'ai entendu ce qu'il s'est passé, mentionne Arnie, le guerrier zandian à côté de moi en secouant la tête. Je ne voudrais pas être à ta place quand tu parleras au roi Zander.

Il s'essuie le front, lisse et violet, d'un bras. L'une de ses cornes a été brisée dans une bataille pour reconquérir Zandia et elle penche désormais sur la gauche.

— Surtout avec son inquiétude pour ses petits – et pour tous les métis de la planète tombés malades. Il n'aura pas d'indulgence pour les erreurs.

Je déglutis. C'est exact. Un virus s'est emparé de la plupart des jeunes de Zandia – tous les hybrides sont atteints, et malgré le travail du docteur Daneth et de tous les soignants, aucun remède n'a encore été trouvé. Tout le monde est sur les dents. La pensée que notre population presque éteinte est sur le point de perdre sa nouvelle génération est dévastatrice.

Bordix !

Je le fusille du regard.

— C'était un accident.

Mon ton est sec. Je ne supporte déjà pas qu'un vaisseau zandian ait été détruit sous ma garde avec mes apprentis, je ne veux pas en plus rendre des comptes à ce connard. D'autant plus que je suis sur le point de voir le roi en personne.

Renee Rose & Rebel West

Pour être franc, cet incident aurait pu être évité si je n'étais pas resté figé.

— Ce n'est pas le premier accident sous ton commandement, mentionne-t-il en m'examinant. Il est peut-être temps pour toi de trouver une autre vocation.

— *Bordix !*

Il secoue la tête.

— Sans vouloir te vexer, ce serait pour le bien de tous. Pense aux dégâts causés sur la confiance des apprentis qui ont tout gâché. Ton travail est de leur apporter le succès, pas des échecs.

Je serre les poings et laisse Arnie sans réponse.

— Ce n'était pas ta faute, me crie-t-il dans mon dos. Ce qui est arrivé à ton frère. Mais ça, oui. Tu dois te remettre les idées en place, guerrier.

J'ai envie de le tuer pour avoir mentionné Kyl, mon jeune frère, mort pendant la bataille pour reprendre Zandia.

C'*était* à cause de moi. C'est moi qui commandais Kyl, et si j'avais mieux effectué mon travail, il serait toujours en vie, maintenant.

Je serre les dents et me dirige vers les appartements royaux. J'époussette ma tunique et redresse mon épée en entrant dans le palais. Je fais un signe de tête au garde à la porte. Il est préférable d'en finir rapidement avec ça.

J'attends d'être convoqué à l'extérieur de la salle du trône.

— Monseigneur.

Je baisse les yeux et lève mon bras dans un angle de quatre-vingt-dix degrés, la salutation traditionnelle des Zandians, pour montrer mon respect et mon admiration pour notre courageux dirigeant zandian. Quand je relève la tête, je remarque que le visage du roi semble plus âgé. Il a vieilli au cours des six derniers cycles lunaires, depuis que l'épidémie a frappé les humains pour la première fois. On raconte que sa propre fille, la princesse Kaylar, se bat contre le virus Z4-A, son état est critique. Les adultes ont à peine pu faire face à la contagion, mais c'est notre jeune population métisse qui est la plus sévèrement touchée.

— Capitaine Khrys, commence le roi Zander d'une voix tranchante et sérieuse, que s'est-il passé ?

Je lève les yeux et m'éclaircis la gorge.

Bordix !

Mon espèce est connue pour son stoïcisme et sa force. Pour être guidée par la raison, pas par les émotions. Du moins jusqu'à ce qu'elle soit en contact avec une humaine – d'après ce qu'on raconte.

Mais depuis la mort de Kyl, je suis constamment rongé par le doute. Mes décisions sont devenues moins logiques et plus impulsives, parfois avec des résultats désastreux.

— C'était un problème avec les paramètres de navigation. J'ai laissé mon plus jeune élève gérer la descente tout seul. Il a entré les données au cours des essais ce matin. J'aurais dû les vérifier, mais j'ai préféré lui montrer ma confiance en ses capacités. Malheureusement, ses coordonnées étaient fausses et le train d'atterrissage de l'appareil a frôlé le sol.

— Par frôler le sol, tu veux dire qu'il s'est écrasé ? me demande le roi d'un air sévère en levant un sourcil.

— Oui, Monseigneur.

Je grimace en pensant à l'affreux crissement de métal, aux dégâts causés par la fumée, et pire, à l'équipage qui a été mis en danger, même si ce n'était que pour un court laps de temps.

— Les réparations sont en cours et nous serons prêts pour les tests demain.

Renee Rose & Rebel West

Le roi retrousse ses lèvres.

— C'est le second incident de cette nature sous ton commandement.

Je baisse la tête. *Bordix !*

— Oui, Monseigneur. Ça ne se reproduira plus.

Un silence s'installe quelques secondes. Puis Zander lève une main et fait un signe.

— En effet. Tu seras remplacé au commandement des formations sur les vaisseaux spatiaux.

Ses mots me frappent comme un coup de poing en plein ventre.

— Mais Monseigneur...

Je m'interromps. Un Zandian ne contredit pas son roi ni n'argumente avec lui.

— L'équipe n'a plus confiance en toi.

La voix de Zander est égale, mais elle me fait frissonner les cornes.

— Peux-tu me donner une bonne raison de ne pas te révoquer ?

Dans mon esprit, j'entends à nouveau les cris de l'équipage, puis leurs réactions rapides. Heureusement, l'accident – en tant que tel – était mineur comparé à ce qui aurait pu se produire. Mais j'ai remarqué l'expression sur leurs visages quand tout a été terminé.

J'ai cligné des yeux et croisé leurs regards.

— Non. Je n'en ai pas, avoué-je d'une voix terne.

— Le capitaine Rhob va prendre la relève, avec effet immédiat. Je te demanderai de le mettre au courant de tout. Puis on te trouvera un poste qui convient mieux à tes talents.

— Entendu.

Je garde une expression impassible, mais les flammes de la honte et des regrets me lèchent la peau.

Le roi m'examine.

— Nous n'avons pas le temps pour tes écarts dans le protocole, Khrys.

— Oui, Monseigneur. Je vais m'améliorer.

— Veilles-y.

Il me regarde un instant.

— Tu peux disposer, termine-t-il.

Le monarque se tourne ensuite vers son assistant. Il est peut-être réellement occupé ou il est possible qu'il veuille me donner une leçon. Me montrer où est ma place à ses yeux : aussi bas qu'un Zandian puisse tomber, apparemment.

Je sors à grands pas du bâtiment, maudissant mon impulsivité.

— *Bordix, bordix, bordix !*

Je m'arrête pour frapper un arbre, écorchant la peau violette de mes jointures, et je laisse un filet de sang couler.

— C'est tout un *bordix*.

L'honneur est tout pour un guerrier zandian et je viens de perdre ce qui subsistait du mien.

J'essuie le liquide écarlate sur ma tunique et fixe le soleil couchant. Mes mains m'élancent. Je suis reconnaissant pour cette douleur. Je devrais me couper un bras pour me donner une leçon, pour avoir été un véritable idiot.

— Tout va bien ?

Mon ami Gabin reste à quelques mètres, peut-être par prudence, en me voyant approcher dans un état aussi imprévisible.

Je ne le regarde pas.

— Tu es au courant.

— Oui.

Il change de position ; j'entends le gravier crisser sous ses bottes.

— L'équipage va te pardonner, mentionne-t-il. C'est déjà le cas.

— Le roi Zander m'a donné une nouvelle affectation.

Il avance vers moi.

— Oh ! Je vois, réplique-t-il avant de marquer une pause. Tu crois que ça pourrait être une évolution positive pour toi ?

— Oui. C'est un évènement quand un capitaine expert en formation est retiré de ses fonctions. On devrait faire un festival. Célébrer ma disgrâce.

Je le fusille du regard. Autrefois, le sarcasme m'aurait été étranger, mais maintenant que nous avons des humains sur Zandia, j'ai appris cette technique.

Sa voix contient des reproches.

— Je pensais que peut-être que ce travail n'était pas fait pour toi.

— Un Zandian effectue la mission qu'on lui donne et il l'aime parce qu'il sert Zandia, répliqué-je d'un ton dur. Mon père a toujours voulu que je devienne capitaine de formation, comme lui. Il a tout sacrifié pour que j'y aie ma place et il est mort en me sauvant la vie dans les raids. Zandia a passé beaucoup de temps et d'efforts dans mon entraînement.

— Je sais.

Il se rapproche.

— J'ai trahi la mémoire de mon père. J'ai abandonné mes compatriotes zandians.

Gabin se tient à côté de moi pendant une seconde, et nous ne parlons ni l'un ni l'autre.

Je soupire et regarde ma main.

— Je dois aller me changer. Ensuite, je vais aller voir...

Mon holobracelet clignote en vert avec un message.

— C'est le capitaine Rhob. Il a hâte de commencer.

Gabin me donne une claque sur l'épaule.

— Khrys, tu es un bon Zandian. Tu vas trouver ta place.

Il a les meilleures intentions du monde. Mais les mots sont comme un poignard qu'on retournerait dans mes tripes parce que ça imprime dans mon esprit ce que je sais déjà : je n'en ai pas.

— Salut, répliqué-je en m'éloignant.

Je n'ai pas l'énergie pour montrer que j'apprécie son soutien.

De retour à mon domicile, je me rince les doigts et applique le baume réparateur créé par l'une des humaines qui travaillent avec le docteur Daneth et en quelques secondes, mes blessures cicatrisent.

Le holo clignote à nouveau – *bordix*, c'est encore le capitaine Rhob ! Bien sûr, je me reprends. Si j'avais une aussi intense ferveur pour ce travail moi-même, je ne serais probablement pas dans la situation insoutenable de devoir former mon propre remplaçant. C'est ma faute si je n'ai pas eu la concentration adéquate pour superviser mes élèves. J'ignore pourquoi je n'arrive pas à rester extrêmement focalisé quand je suis avec mes aspirants dans le vaisseau – je connais les règles ; c'est moi qui les ai écrites !

Je secoue la tête. Je suppose que je n'ai pas à m'en inquiéter puisque j'ai été rétrogradé.

Avant de contacter Rhob, je jette un œil à ma tablette. Je vérifie les recherches qui ont occupé mon esprit la nuit dernière et qui emplissaient mes pensées avant la malheureuse manœuvre. C'est l'image d'une esclave qui sera bientôt mise en vente ; je l'ai trouvée en fouillant dans des canaux cachés dans le flot holographique.

La femelle humaine qui me toise sur l'écran est superbe. De longues boucles brunes, des yeux bleus comme l'eau dans la grotte de la chute, et la peau ressemblant à un fruit *chari*, elle est l'une des créatures les plus à couper le souffle que j'aie pu admirer.

Mais ce n'est pas son regard qui m'a subjugué.

— Femelle humaine, 28 cycles solaires. Bioaptitude augmentée, annonce son dossier. Force musculaire 1,75 fois plus substantielle que les êtres de son espèce. Aptitude à voir la nuit. Capacité pulmonaire multipliée par 12. Rapidité de réaction 8 fois plus importante que les meilleurs individus répertoriés. Des anticorps génétiquement modifiés qui peuvent résister à tous les virus humains connus. Autres détails disponibles pour les acheteurs sérieux uniquement.

Des anticorps génétiquement modifiés qui peuvent résister à tous les virus humains connus.

C'est cette partie qui a attiré mon attention. Et si cette esclave spécialement remodelée contenait la solution à l'épidémie Z4-A dans ses cellules ?

Le prix indiqué me fait siffler et secouer la tête – c'est une fortune. On pourrait acheter une planète pour cette quantité de *steins*. Il me vient à l'esprit que c'est peut-être exactement ce que prévoient les propriétaires.

Le regard de l'humaine est fort, presque en colère. Elle est peut-être prisonnière, mais quelque chose dans son expression montre sa détermination et surpasse sa captivité – à moins que j'imagine ce que j'ai envie de voir.

Et ce que j'observe sur la photo, c'est la liberté : la mienne comme la sienne. La nuit dernière, c'était une idée folle. C'est désormais ma seule chance.

Si je parviens à récupérer cette Terrienne pour Zandia et si son corps contient les réponses à l'épidémie à laquelle est confrontée la nouvelle génération, mon honneur sera restauré. Plutôt que d'être celui qui a tout raté, je serai le courageux guerrier qui a trouvé une solution à un grave problème.

Les Zandians se reproduisent avec des femelles humaines puisque les nôtres sont mortes depuis longtemps. Si je pouvais ramener celle-ci sur Zandia et la confier au docteur Daneth, il pourrait découvrir ce qui l'immunise contre les maladies.

J'espère obtenir de lui une activité secondaire ; cela semblerait un bon moyen de combler le vide au fond de moi. Bien que mon emploi principal soit – ait été – complètement satisfaisant. Comme je le disais à Gabin, les Zandians sont reconnaissants pour tout travail qu'on leur délègue. C'est seulement... Je veux contribuer à la vie sur Zandia et j'ai perdu la main avec les entraînements.

Mon holobracelet clignote une troisième fois et je referme la fenêtre sur l'écran.

— Rhob.

Mon ton est bourru quand j'accepte la communication avec mon compatriote.

— Rejoins-moi à mon dôme dans dix minutes. On commencera le téléchargement des fichiers.

Je prends mon autre tablette, la professionnelle, qui contient les données de simulation de pilotage et les informations des modules de formation.

En quittant mon domicile pour me diriger vers l'aire de vol, je continue d'imaginer les yeux bleus éclatants de l'humaine. La forme de son menton. La force dans ses épaules. Ses doigts fragiles, qui font la moitié de la taille d'une main de Zandian. Et même si je sais que je la récupérerais pour le bien de Zandia et pas pour en faire ma compagne, une part de mon corps ne peut s'empêcher de réagir devant sa beauté.

Elle est pour Zandia, me répété-je. *Pas pour toi. Ne t'emballe pas.*

Je devrais demander l'autorisation au roi pour la mettre à l'abri pour Zandia. Mais si on prend en considération ce qu'il s'est passé au cours de cette rotation planétaire, je doute qu'il me fasse confiance.

Alors... je pourrais partir sans son aval. Sans informer qui que ce soit de mon plan. Je pourrais emprunter un cristal zandian pour tenter d'acheter la femelle. Il est préférable de demander pardon plutôt que de demander la permission dans ce cas précis.

Oui. Il faut que ça fonctionne. C'est ma meilleure chance de récupérer mon honneur et de prouver que je suis digne de servir Zandia.

Chapitre Deux

K *ailani*

La pièce tournoie autour de moi. L'odeur de la sueur – humaine et extraterrestre combinée – emplit mes narines, me donnant davantage de nausées. Mes ongles entaillent la base de mes paumes quand je trébuche sur le sol carrelé en pierre du marché.

J'ai entendu parler de cet endroit. L'épicentre suprême pour les paris, les ventes aux enchères – surtout pour des choses illégales sur d'autres planètes – et la distribution. Le gardien et le responsable ne m'ont pas encore administré le médicament pour faire disparaître ma migraine. Ils me contrôlent en partie comme ça. Ils ne prendront pas le risque que je m'enfuie pendant le transport.

Je vois à peine – la lumière me paraît trop vive. Elle me vrille le crâne comme un rayon laser. Ils m'emmènent dans une zone réservée et m'installent sur une estrade de marbre.

Le superviseur me retire mes vêtements et il remonte mes poignets au-dessus de ma tête pour les attacher à un crochet trop haut pour moi. Je dois me mettre sur la pointe des pieds.

Il tâte l'un de mes seins remodelés avec un grognement d'approbation.

— Ils vont aimer ça, marmonne-t-il.

Les Kraas ne s'intéressent pas à moi d'un point de vue charnel, alors cette agression est la première du genre, mais si je ne pars pas d'ici, ce ne sera sûrement pas la dernière. Mais d'un autre côté, je ne serai pas proposée comme esclave sexuelle. Non, ce serait une bénédiction après la vie que j'ai menée. Je serai vendue en tant que curiosité médicale pour être étudiée et disséquée.

Il me retourne pour m'examiner de dos. Il me donne quelques claques sur les fesses, pas franchement de manière punitive, plutôt pour les regarder remuer.

— S'il vous plaît, maître. Mes médicaments, supplié-je.

Je ne fais même pas semblant. Je ramperais réellement à ses pieds pour obtenir à peine une portion des produits dont j'ai besoin pour soulager mon mal de tête.

Il sort une petite fiole, l'ouvre, et fait tomber deux gouttes – la moitié de ma dose – dans ma bouche.

Je gémis, mon corps tremble pour en avoir plus. Je reste suspendue à mes poignets liés et ferme les yeux en attendant qu'elles fassent effet.

— Combien pour l'humaine ? demande une voix profonde.

— Oh, elle va récolter plus que toutes les autres rassemblées ici ! fanfaronne le responsable. Elle a été génétiquement modifiée. Elle est plus forte et plus résistante que la plupart des êtres de son espèce. Elle peut travailler cinq fois plus dur que la moyenne des esclaves humains. Elle est immunisée contre les maladies aussi.

— Un maître ne voudrait pas plutôt qu'elle soit faible ? Plus facile à contrôler, demande le mâle.

Ses paroles cachent une fausse note de nonchalance qui me fait soulever une paupière pour jeter un œil.

Ce n'est pas un Ocretian ni un Kraa. Je ne connais pas sa race – je n'ai jamais vu d'êtres comme lui. Il est plus imposant que le Kraa et a une peau violette. Il a des petites cornes sur la tête et de larges épaules. Il porte une épée à la ceinture. C'est une sorte de guerrier.

— Pas pour ton espèce, se moque le gardien. De plus, elle a besoin qu'on lui administre une dose de médicament deux fois par jour. Ça la rend extrêmement obéissante.

Je serre les dents devant son sourire mauvais.

Le mâle tout habillé de blanc m'examine en semblant désintéressé, pourtant, pour une raison quelconque, j'ai l'impression qu'il joue un rôle.

— Je peux l'approcher ? demande-t-il.

Je distingue une certaine autorité dans sa voix, comme s'il était habitué à donner des ordres.

Je trouve ça étonnamment excitant. Ou cela vient peut-être des médicaments qui commencent à être efficaces, mais je le vois plus clairement, maintenant. Il est beau – mâchoire carrée, une peau violette imberbe et de chaleureux yeux bruns.

Je m'attends à ce qu'il me palpe les seins, comme l'a fait le gardien, mais à la place, il glisse une jointure sous mon menton et le soulève. Il me fait tourner la tête d'un côté à l'autre pour m'inspecter.

— Elle a besoin de ses médicaments, en ce moment ?

Les battements de mon cœur s'accélèrent. Il l'a remarqué. Je n'ai jamais eu de maître qui relevait ou se souciait de ce genre de choses, sauf pour me torturer. Peut-être que ce mâle aimerait le faire également, mais pour une raison quelconque, je me demande à quoi ressemblerait mon existence si j'étais achetée par un être aussi fort et viril.

Utiliserait-il mon corps pour autre chose qu'un dur labeur ?

Serait-il doux ? Prendrait-il soin de mes besoins comme personne auparavant ?

Mais c'est ridicule.

Je ne vais pas m'attarder ici pour devenir l'esclave d'un extraterrestre cornu.

Je vais m'échapper. Aller sur Jesel, où on dit que les humains peuvent vivre libres.

— On lui a donné une demi-dose pour qu'elle soit présentable, dit le responsable.

— Pourquoi pas une complète ? demande le guerrier violet.

Il caresse ma lèvre inférieure du pouce.

Étonnée par le plaisir inattendu du contact, j'entrouvre la bouche et croise son regard.

— Nous avons découvert que l'état de manque l'aide à se tenir à carreau, dit le Kraa d'une voix doucereuse.

— Elle semble malade, rétorque le mâle. Comment je peux savoir si tu n'essaies pas de te débarrasser d'une humaine souffrante avec des capacités limitées ?

— On a des enregistrements holographiques qui la montrent en action.

Le responsable ouvre un petit appareil. Dessus, je me vois soulever des poids, sauter.

— Ce pourrait être un faux, riposte le guerrier en plissant les yeux. Elle tient à peine debout.

Le Kraa s'approche, la verrue sur son nez fendu tremble.

— Donne-lui le reste.

Il fait un signe de main vers le gardien, qui hausse les épaules et sort une fiole.

Bon. Les choses se passent mieux que prévu. Je me réjouirais plus si je ne soupçonnais pas le mâle cornu de les manipuler pour qu'ils le fassent. Je me demande ce qu'il cherche.

Je pivote vers le geôlier et marche sur la pointe des pieds pour me rapprocher. Mon sein gauche effleure la tunique blanche de l'extraterrestre violet. Il ne recule pas. Ses yeux plongent vers mes mamelons, qui deviennent des bourgeons tendus, comme s'ils se faisaient beaux sous son regard.

Sa main se pose légèrement sur ma taille, et ses cornes s'épaississent et s'inclinent dans ma direction.

Si je n'étais pas si impatiente d'obtenir le reste de ma dose, je savourerais la réciprocité de l'attirance entre nous.

Puisque je suis sur le point de m'échapper, je ne dois pas m'en préoccuper.

J'ouvre la bouche comme un oisillon, tirant sur mes liens pour ne pas rater la moindre goutte. Le gardien les fait tomber sur ma langue et ma gorge bouge quand je déglutis.

— Tu avais hâte de les avoir, hein, petite humaine ?

Les yeux pensifs de l'étranger cornu se posent sur mon visage. Il semble presque fasciné par moi. Pour la première fois de ma vie, je me demande, brièvement, si je suis agréable à regarder.

Au cours de toutes ces années, on m'a reproduite et modifiée pour que je sois plus forte et plus résistante aux dégâts. Mon apparence ne fait pas partie des améliorations des Kraas. Mais à la manière dont le guerrier me contemple, on dirait presque qu'il me trouve... attirante.

Il élève la voix pour parler au responsable, mais il ne se détourne pas de moi.

— Combien coûtent ses médicaments ? C'est certainement un facteur à prendre en considération, non ?

Il marchande pour moi comme si je n'étais rien de plus que l'objet que j'ai toujours été pour mes maîtres, pourtant, ses regards chassent la douleur continuelle que ça provoque.

Comme s'il me voyait réellement.

Moi, pas les améliorations. Pas ce que je peux faire ou la façon dont je pourrais être utile.

— Elle sera vendue avec un stock pour un cycle lunaire. Ensuite, ils pourront être achetés auprès de nous ou, pour une somme plus importante, le nouveau propriétaire pourra se procurer la formule pour concocter l'élixir lui-même.

Le guerrier se moque de lui.

— J'ai demandé le prix.

— Cinquante *steins* pour une lune.

Cinquante steins.

Par notre douce Terre, comment vais-je survivre ? Jamais je ne pourrais payer cette somme. Je ne pourrai pas non plus simplement le commander aux Kraas après mon évasion. Ils me pourchasseraient. Et la sentence pour les esclaves en fuite dans cette galaxie est la mort.

Je vais seulement devoir apprendre à vivre avec les cauchemars. Mais cette pensée fait revenir la douleur pénétrante derrière mes yeux et me retourne l'estomac.

— Où se trouve le mois de provision avec lequel elle devait être vendue ? demande le guerrier.

Oui, où ? Je pourrais jurer qu'il essaie de m'aider à m'échapper. Je suis le regard du responsable qui se dirige vers le dessous de la table, j'aperçois la caisse molletonnée contenant les fioles de mon médicament.

Des réserves pour un cycle lunaire. Cela devra suffire. Je pourrais me contenter de me rationner et m'habituer aux migraines. Maintenant, il ne me reste qu'à escalader ce mur pour décrocher mes mains – ce qui devrait être facile –, puis à m'emparer des doses et à fuir.

Ce n'est pas génial, comme plan, mais je m'occuperai du reste au fur et à mesure. J'ai réellement besoin d'une diversion. Quelque chose pour avoir une longueur d'avance.

Une annonce amplifiée nous parvient de la scène. La vente aux enchères est sur le point de commencer.

— Éloigne-toi d'elle, lance le responsable en apercevant la main du guerrier posée sur ma taille.

Il la fait glisser jusqu'au haut de mes fesses avant de la retirer lentement, ses doigts s'attardent sur ma hanche comme s'il ne voulait pas arrêter de me toucher.

J'en ai la chair de poule et ma peau me démange là où il m'a effleurée. La perte de ce contact me produit une petite panique. Mais cela n'a aucun sens.

La seule peur que je devrais ressentir est celle qui me permettra de m'échapper d'ici. Il sort de la zone délimitée et croise les bras sur son torse imposant, me conservant subtilement dans son champ de vision tout en inclinant son corps vers l'estrade.

Le gardien soulève la corde de mes poignets pour la retirer du crochet et il m'empoigne le bras. Il me pince la peau en me tirant vers la scène. Par notre douce Terre, c'est certainement ma seule chance !

Je m'attends à moitié à ce que le guerrier à cornes nous suive et mise sur moi. Je serais déçue s'il ne le faisait pas. Surtout si je peux l'éviter.

On reste debout sur l'estrade, patientant en file indienne pour monter et être présentée. Je regarde involontairement derrière moi, je cherche le mâle à la peau violette, mais il est parti.

C'est à cet instant-là que j'agis. Je me retourne d'un coup, j'utilise toutes les techniques de combat qu'ils m'ont stupidement enseignées et en quelques secondes, je suis libre. Et c'est à ce moment-là que les lumières artificielles sont coupées.

* * *

Khrys

Après avoir coupé le courant, je prends la caisse médicale sous la table des Kraas. Les Zandians voient mieux dans le noir que la plupart des espèces, mais je ne peux pas parier que je suis le seul à en être capable.

Toutefois, je ne parviens pas à localiser la femelle. Elle n'est pas avec ses maîtres kraas. Je ne suis pas surpris. Elle avait le regard déterminé d'un guerrier partant au combat. J'étais à quatre-vingts pour cent sûr qu'elle tenterait de s'échapper.

C'est pour ça que j'ai coupé les lumières – pour lui fournir une diversion, si ce n'est les moyens.

Je me suis aussi assuré qu'elle avait toute sa dose de médicament. Ces connards de Kraas ont abusé de cette pauvre humaine – c'est évident. Si j'avais eu le temps, je leur aurais fait goûter leur propre médecine, mais je ne l'ai pas.

Je dois trouver la superhumaine et la convaincre de venir avec moi.

Ce qui ne devrait pas être trop difficile puisque j'ai les substances dont elle a besoin.

Ici. J'aperçois une silhouette bouger d'une manière décidément pas très humaine.

Fascinant.

Elle avance directement vers ses maîtres kraas – revenant sans aucun doute pour son traitement.

Je me fraie un chemin vers elle et lui attrape une cheville, je la tire d'un coup pour qu'elle tombe dans mes bras. Elle a un doux parfum, ressemblant à un fruit sucré et aux rayons de l'étoile zandianne. Elle lutte contre ma prise, elle me donne un coup avec la base de sa main.

— J'ai le traitement, lui dis-je.

Elle se fige.

Je la bascule sur mon épaule pour qu'elle soit plus facile à transporter.

— Tu pars avec moi.

Chapitre Trois

K *ailani*

Ses paroles m'abasourdissent et me rendent muette. Je capte à peine le contact de sa main puissante sur la peau de ma jambe et la manière dont mon corps appuie contre le sien, plus robuste. Il se déplace posément dans les ténèbres. Autour de nous, des cris de confusion et des ordres retentissent.

— Qui es-tu ? murmuré-je d'une voix rauque.

Je fais pivoter mon torse pour regarder les alentours.

— Pose-moi par terre, ajouté-je.

Il rajuste sa prise sur moi et donne une claque – bien fort – sur mon derrière nu de sa main libre.

— Non, ma merveilleuse petite guerrière. Tu es mienne, désormais.

On m'a blessée et agressée au-delà de toute imagination sous le joug de mes maîtres kraas, mais la fessée du mâle violet est différente. Elle me procure des picotements dans le ventre et mes mamelons durcissent. Sans parler de sa profonde voix de velours. Je m'accroche au « merveilleuse petite guerrière » plutôt qu'à son affirmation de propriété – celle qui devrait m'inquiéter.

Je repousse ces pensées et me concentre.

— Je vais te payer pour me libérer. On peut trouver un arrangement.

J'œuvre instinctivement, je glisse la main le long de son dos et la pose sur ses fesses. Je n'ai jamais été utilisée en tant qu'esclave sexuelle, mais le mouvement est presque naturel. Mes doigts s'attardent. Par les étoiles, son corps est agréable à toucher !

Son rire vient rapidement.

— En effet. Et je vais en déterminer les termes.

Il rajuste encore une fois sa prise et me donne une nouvelle tape sur le derrière qui fuse directement vers mes parties intimes.

— Ne me mets pas au défi.

Je cligne des yeux une fois et les vestiges de ma migraine disparaissent. Mon esprit réagit. Quand on atteindra la sortie de la vente aux enchères, je l'attaquerai en utilisant mon coup de poing rapide, je volerai mes médicaments et tous les biens qu'il peut posséder. Mieux, je m'emparerai de son vaisseau. Je n'ai jamais eu l'entraînement pour en piloter un, mais j'ai eu des ajustements cérébraux qui me permettent d'apprendre deux fois plus vite que la plupart des humains. Il est si fort, mais j'ai besoin de gagner – c'est ma seule chance de liberté.

— *Bordix* ! Ils bloquent la sortie.

Sa voix est basse et pressante. Son corps se raidit.

— On a de plus gros problèmes derrière.

Mes yeux, qui s'acclimatent rapidement aux ténèbres,

ont repéré une menace plus urgente. Derrière nous, à cinquante pas, ils nous rattrapent à toute vitesse. Deux Ocretians avec des armes laser. Je fais les calculs.

— Ils seront sur nous dans dix secondes. Ils ont des casques à vision nocturne.

Je sens une montée d'adrénaline jaillir en moi.

— Pose-moi – j'ai été entraînée pour ça.

Son rire est dur.

— Toi ? On a appris à se battre à une esclave humaine ?

— Oui, mais on n'a pas le temps de discuter.

Je lui renvoie ses paroles. Autrefois, les Kraas m'ont fait passer des simulations de combat pour tester mes réflexes.

— On les affronte ensemble ou on meurt tous les deux.

Pendant un moment affreusement long, il hésite. Puis je me retrouve debout, j'ai des vertiges et un afflux de sang parcourt mes membres.

— Vas-y, lance-t-il. Tout de suite.

Je n'ai pas besoin d'encouragements. Je m'accroupis et saute. Je tourne la jambe de sorte que mon talon écrase le nez de l'Ocretian le plus proche. Je répète immédiatement le mouvement ; son visage est déjà en bouillie et mon pied revient couvert de sang. Son cri de douleur et sa peur apaisent mes nerfs. Il s'effondre dans le noir, tel un amas inutile de chair. Le second est plus facile à faire tomber ; sa surprise le fige sur place et il me fixe du regard pendant que sa trachée craque.

— Le mien est à terre. Je suis prête, murmuré-je, la voix rauque à cause de l'adrénaline.

Dans mon dos, le guerrier violet grogne. Le cliquetis de l'acier contre le métal m'indique qu'il a dégainé la vilaine dague à sa taille et qu'il se bat contre un garde ; le cri horrifié est la notification bienvenue que ses agresseurs ont été vaincus.

Il respire fort quand je file à ses côtés.

— Viens, lance-t-il en m'attrapant le bras. À mon signal, on court.

Je n'argumente pas parce que l'équipement au-dessus de nos têtes grince et siffle, puis les lumières clignotent. L'électricité est revenue.

— Maintenant !

Il me tire et soudain on s'élance, main dans la main, vers la porte. Il est rapide... tellement que j'arrive à peine à le suivre, alors je me concentre et fais appel à mes pouvoirs de propulsion, à mon surplus d'énergie en réserve qui me permet de pousser mon corps plus que n'importe qui d'autre de mon espèce.

— *Bordix*, tu es impressionnante ! marmonne-t-il.

Enfin, je crois. J'ai des difficultés à l'entendre à travers les rugissements de la foule et mon cœur qui bat à mes oreilles.

Je file de plus en plus vite – je n'ai jamais bougé comme ça. Par les étoiles ! C'est si bon ! Même au milieu de cette panique, il y a quelque chose de si intense et de si satisfaisant à s'élancer tel un bolide avec une personne aussi rapide que moi ! Pendant une seconde, j'ai l'impression que nous sommes seuls dans l'Univers, nos corps travaillent à leur pleine capacité.

La fatigue me frappe trente secondes plus tard.

— Aïe ! lancé-je avec un petit cri.

Mes muscles se bloquent si fort et sont si tendus que je m'écorche le pied sur la terre dure et que j'en trébuche. La douleur est si intense que je la vois flamboyer devant moi, comme chauffée à blanc. Mes poumons brûlent.

— *Bordix* !

Il s'arrête, revient en arrière et me récupère sur le sol.

— On y est presque, ajoute-t-il.

Je suis de retour sur son épaule, la tête rebondissant pendant qu'il accélère vers le tarmac. Nos poursuivants se sont multipliés ; j'en compte au moins douze qui jaillissent des portes de la maison des enchères.

— Ils ont des armes, coassé-je. Des lasers. À longue portée.

À travers la douleur, je plisse les yeux et estime la trajectoire.

— Va à gauche quand je te le dis. Trois, deux – *MAINTENANT* !

Il fait un bond sur le côté et le rayon de lumière pure crépite et grésille à côté de nous. Il frôle les poils de mon bras.

— À ta gauche, encore une fois. Tout de suite !

Je lui attrape la taille pour me stabiliser.

Cette fois, le tir frappe un vaisseau à proximité, un véhicule de transport. L'odeur de métal atteint mes narines alors que la fumée âcre gonfle. Des cris de rage et de peur retentissent.

— On est arrivés.

Il s'arrête face à un élégant vaisseau moderne, et en quelques secondes, je me retrouve sur le sol comme un amas nu et sans grâce. Il s'assoit devant une console de commande de haute technologie.

— Reste là et ne dis rien. On pourrait mourir à tout moment, lance-t-il.

Je suis sur le point de répliquer quand les forces gravitationnelles me frappent. Elles me propulsent contre le mur avec une puissance telle que mes poumons se vident de tout air. Je suis persuadée que mon estomac touche ma colonne vertébrale.

Je n'arrive pas à respirer – je vais m'évanouir –, puis le

vaisseau passe soudain en apesanteur et mon corps se détend de lui-même. Je pousse un long sifflement et prends une bouffée d'oxygène avec avidité.

Je suis une loque, recouverte de coupures et d'ecchymoses, mais vivante. En sécurité. Loin des Kraas et de la vente aux enchères.

Je lève les yeux vers mon sauveur. Son front lisse est plissé sous la concentration et les puissants muscles de son bras bougent alors qu'il appuie sur les commandes. Je suis hypnotisée par son visage, beau et sévère. Il affiche des sentiments que je ne comprends pas.

J'ai du mal à m'asseoir.

— Qui es-tu ? demandé-je en secouant la tête. Tu attends quoi de moi ?

Il termine une dernière manœuvre, puis il éloigne sa chaise des écrans et il m'observe attentivement. Ses cornes violettes brillent sous la lumière et ses yeux s'assombrissent.

Puis il me sourit.

— Qui je suis ?

Il lève un sourcil et croise les bras.

— Moi, c'est Khrys. Je suis un guerrier zandian... et ton nouveau maître, du moins temporairement.

Khrys

La petite guerrière ne semble pas aimer ma réponse. Elle pousse sur ses bras pour s'asseoir en grimaçant.

— Je n'appartiens à personne d'autre que moi.

Sa voix est hautaine et curieuse avec sa position servile. Elle attrape une couverture en aluminium à côté de l'endroit où je l'ai jetée et s'enveloppe le torse et les jambes.

Ma bouche se courbe en un sourire – une sensation qui n'est pas familière.

— Attends, depuis... une, deux, trois minutes ? dis-je en feignant de compter sur mes doigts.

Elle me fusille du regard.

— J'aurais pu m'échapper toute seule.

— Non.

Je secoue la tête.

— Pas sans tes médicaments. Sans mon aide, tu serais certainement à nouveau enchaînée. Ou morte.

— Alors, sans *mon* aide, tu ne serais rien de plus qu'une bouillie violette sur le sol de l'hôtel des ventes.

Mes lèvres s'étirent encore une fois.

— J'en doute.

J'aime son cran. Elle relève le menton.

— Et maintenant, ils nettoieraient tes organes sur leurs portes et les planchers avec un puissant jet pour que la vermine en profite.

Je réprime un véritable sourire.

— Tu as peut-être joué un rôle mineur dans mon évasion.

— *Notre* évasion. Et si par mineur tu veux dire majeur, alors oui. Je suis d'accord.

Elle plisse les yeux et lance des regards autour d'elle.

— N'y pense même pas, l'avertis-je.

— À te sauver la vie encore une fois ?

Elle pose une main sur le sol pour prendre appui et elle se relève lentement.

— Aïe !

Elle grimace et laisse tomber la couverture quand elle touche la plus grosse de ses coupures.

— Oh, aïe !

Je suis debout en un instant et je me retrouve à ses côtés. Principalement pour l'empêcher de faire quoi que ce soit d'irréfléchi, mais je m'inquiète aussi pour sa santé. Elle est peut-être super-modifiée, mais elle est toujours mortelle – tous les humains sont bien plus fragiles que les Zandians.

— Laisse-moi voir.

— Ne me touche pas.

Elle retire ma main de sa jambe.

Je croise son regard et lève un sourcil sévère.

— Comporte-toi bien, petite guerrière. Je vais faire le nécessaire pour que tu sois en pleine forme. Tu ne me combattras pas.

Mon souffle se coince dans ma gorge quand je remarque ses mamelons qui pointent pendant ma réprimande. Je ne devrais pas être surpris. Notre espèce a appris à avoir une grande compatibilité avec les femelles humaines grâce à leur amour pour notre domination sexuelle. Sa respiration s'accélère.

Mes cornes se raidissent et s'inclinent dans sa direction.

— Je suis ton maître, maintenant. Tu vas te soumettre et obéir.

Bordix, ces paroles rendent mon membre dur comme un roc ! Cette belle esclave est ma pupille pour le moment.

— Mais n'aie pas peur. Un bon maître sait prendre soin de son trésor, ajouté-je.

Et celle-ci en est tout à fait un. Superbe. Courageuse. Incroyablement forte et rapide. Très intelligente.

J'aimerais pouvoir la garder pour moi – en faire ma compagne et voir quel genre de métis nous pourrions créer ensemble. Mais nous avons besoin d'elle pour nos jeunes. Elle n'est pas destinée à la reproduction. Elle est mon offrande pour Zandia et pour mon retour dans les bonnes grâces du roi Zander. Pour montrer ma valeur après mes échecs récents.

Je pose une main ferme sur son épaule gauche et fais courir la droite sur son mollet. Je m'arrête avant de toucher sa blessure.

— J'ai un kit médical qui peut t'aider.

— Je ne suis pas un trésor... pas une possession, affirme-t-elle, mais elle paraît à bout de souffle.

Ses pupilles sont dilatées, et son regard parcourt mon torse, mes épaules et mes bras.

— Je n'ai pas besoin de ton – *oh* ! Un kit médical ! Ça me semble acceptable, je cède.

Ses joues rougissent et elle détourne les yeux.

J'applique un baume, lui appose des bandages et lui offre un tube de fluides. Je lui montre comment mettre le patch pour administrer des nutriments et des médicaments à travers sa peau ; cela lui donnera le bon dosage, pour qu'elle puisse guérir et reprendre des forces.

— Ça va t'aider jusqu'à ce qu'on arrive sur Zandia. Le docteur Daneth va s'assurer...

Elle tressaille.

— Pas de médecins. Tu m'emmènes où ? demande-t-elle d'une voix montant dans les aigus de peur. Non, je n'irai nulle part avec toi !

Je souris avec un air suffisant.

— Oh, vraiment ? Comment prévois-tu de t'enfuir ? Et tu partirais où, exactement ? m'enquis-je en relevant un sourcil. Et comment ? Tu as peut-être un moyen de transport secret dans ta poche – oh, mais tu es nue, pas vrai ?

Je montre ma désapprobation.

Ah, oui, elle l'est réellement ! Comme si je n'étais pas profondément conscient de ce délectable fait.

Maintenant que nous sommes cachés en sécurité dans

l'hyperespace, loin de nos poursuivants, et que le vaisseau est sur pilotage automatique, sa beauté me frappe avec force.

Ses boucles brunes tombent sur ses fines épaules. Son corps est mince et musclé avec de parfaits seins ronds et des mamelons vieux rose qui me donnent envie de me saisir d'elle et de lui faire des choses innommables à même le sol. Mon sexe et mes cornes durcissent. Je me tourne sur le côté un moment pour reprendre le contrôle.

Quand je l'observe à nouveau, elle a remis la couverture autour d'elle comme une robe d'appoint. Sa peau dorée a rougi.

— J'aurais pu gérer.

Elle regarde les alentours.

Elle évalue de toute évidence mon vaisseau alors que je domine réellement la situation. Je vais devoir la surveiller – elle fomente certainement des plans d'évasion dans sa jolie tête.

— Tu n'as aucune chance contre moi, l'informé-je.

— Mes capacités t'ont sauvé, pas une fois, mais deux contre les armes à longue portée.

Elle lève les sourcils.

— Tu as été incroyable, avoué-je.

Elle cligne des yeux comme si elle n'avait jamais reçu de compliments auparavant. Ses couleurs reviennent à la normale et sa respiration redevient régulière. Sa propre force et le kit médical lui ont certainement permis de se ressaisir.

— Bon, alors, disons qu'on est quittes et tu me laisses sur la prochaine planète habitable disponible.

Elle me fusille du regard et tape du pied.

— Aucune chance, petite guerrière.

Je ne pensais pas qu'elle montrerait une soumission

abjecte et de l'adoration, qu'elle pleurerait humblement et qu'elle accepterait toutes mes suggestions. Mais elle est bien plus fougueuse que j'aurais pu le prévoir.

Un fait qui, pour une raison quelconque, me fait mal aux bourses. Je dois reprendre le dessus. Jamais je ne pourrai nous ramener en toute sécurité sur Zandia si elle n'est pas docile.

Je fais un pas en avant.

— Mettons les choses au clair. J'ai reconnu ta participation dans ton – notre – évasion. Mais les humains ne sont pas libres dans cette galaxie. Tu es actuellement sous ma protection – et mon commandement. Tu ne pourras aller nulle part sans un maître, donc moi.

Je la fixe. Comme auparavant, elle rougit sous mes yeux et elle serre les cuisses. *Bordix* – est-elle troublée ? Oui, je crois que le changement d'odeur indique son excitation. Je n'ai pas de connaissance intime sur les femelles humaines, mais c'est ce que tout le monde affirme. Si je ne me trompe pas, cette petite guerrière a autant envie de moi que moi d'elle.

Ma voix devient rauque et lourde de désir. Peut-être que je devrais lui prodiguer une légère punition pour qu'elle m'accepte comme maître.

— Tu vas faire ce que je te dis.

J'avance de quelques centimètres.

Sa respiration s'accélère et sa poitrine se soulève. C'est hors de question.

— Réfléchis avec logique, ajouté-je d'un ton aussi doux et persuasif que possible. Tu n'as pas d'autre option. Ce sera plus agréable si tu suis le mouvement.

Pendant une fraction de seconde, mon esprit imagine combien les choses pourraient être délicieuses. Je pense à ma bouche sur ses mamelons dressés, à ma langue entre ses cuisses, à ses jolies lèvres roses sur mon sexe...

— Je vais trouver un endroit où je pourrai vivre en humaine libre, rétorque-t-elle. J'ai entendu parler de planètes de ce genre.

Je remarque un léger tremblement dans sa voix. Puis, à ma plus grande joie, elle attaque.

— Hi-ha ! crie-t-elle en s'élançant vers moi, se tordant en l'air pour donner de l'élan à son poing.

Quand ses jointures percutent fermement ma mâchoire, je vois des étoiles. *Bordix*, elle sait bouger ! Je cherche à attraper son corps, mais elle a fait déjà un pas de danse en arrière et elle s'est mise en position de combat, sur le bout des pieds.

— Arrête, ordonné-je alors que ma peau palpite toujours là où elle m'a frappé.

Je ne suis pas en colère – elle est une merveille à regarder et une faible douleur n'est rien pour un soldat. Je suis plus fasciné par ses capacités. Ravi d'avoir trouvé cette spectaculaire petite guerrière pour Zandia.

Elle pousse un cri et saute à nouveau, mais cette fois, je suis prêt. Même avec sa force surhumaine et sa grande connaissance des mécaniques du corps, elle ne peut pas rivaliser avec un Zandian entièrement en alerte. Je bloque et contre ses attaques. Je la laisse poursuivre un moment parce que c'est très excitant. La couverture est sur le sol. Elle est complètement nue et elle se jette sur moi.

— Très bien, ça suffit, Kailani.

Avec son prochain coup, je l'attire contre moi. Je l'entoure de mes bras et la serre fermement, plaquant ses membres contre sa taille. J'enroule une jambe autour des siennes et baisse la tête pour bloquer la sienne contre mon torse.

Elle est complètement sous mon contrôle, maintenant.

Mes mains appuient contre sa peau nue.

— Vilaine fille ! murmuré-je contre ses cheveux de soie. Tu ne dois jamais agresser ton maître.

Je la serre fort. Oh, *bordix*, il est désormais temps de la punir ! Je ne devrais pas être aussi excité, mais c'est le cas.

— Excuse-toi pour m'avoir attaqué, lui conseillé-je. Jure que ça ne se reproduira pas.

Mon corps répond à sa présence, et mon sexe redevient dur comme une barre de fer, malgré mes meilleures intentions pour rester neutre. L'envie de la prendre est si puissante que je le supporte à peine.

— Tu n'es pas mon maître, proteste-t-elle, grinçant des dents alors qu'elle tape du pied.

Elle me donne un coup vers l'arrière sur le tibia.

Je réprime un rire. Je suis supposé être ferme.

— Tu vas regretter d'avoir fait ça.

Je la serre contre mon torse alors qu'elle se tortille en vain.

— Quand tu me désobéiras, tu en paieras les conséquences.

Elle se fige, sa tête pivote pour regarder dans la direction du placard où j'ai enfermé ses médicaments. *Bordix*, ses propriétaires kraas les utilisaient réellement pour la contrôler.

— Non, pas ça, l'apaisé-je. Je pense que tu vas trouver ma punition un peu plus convenable. Pour nous deux.

J'ai hâte de lui donner une leçon de soumission. Les Zandians connaissent une manière facile de mater une humaine indisciplinée et les résultats sont habituellement satisfaisants pour la femelle et le maître, même si elle ressent quelques douleurs. Je suis sur le point d'essayer.

— Viens, petite guerrière. Accepte ta punition.

Ma voix est basse et séductrice alors que je recule pour m'asseoir dans mon fauteuil de vol.

— Je ne suis pas une *petite guerrière*, répond-elle en gazouillant.

L'allusion sexuelle dans mon ton la rend confuse. Je sens déjà ses tensions fondre comme si son corps était incapable de résister.

— Mon nom est Kailani.

Elle semble à bout de souffle.

— Laisse-moi partir, sinon je..., ajoute-t-elle.

Elle ne termine pas sa phrase quand je m'assois et l'entraîne vers le bas – pas trop fort, mais fermement – sur mes genoux et que je pose une main sur le creux de ses reins.

— Qu'est-ce que tu fais ?

Elle pousse et tire mon corps. Dans son inquiétude, elle semble avoir oublié de finir sa menace.

Je suis déjà habitué à sa force folle, alors c'est assez facile de la maintenir en place.

— Je vais te montrer comment les femelles humaines sont punies sur ma planète.

Je lève la main et la redescends sur son joli petit derrière d'un geste vif.

— Oh ! crie-t-elle en s'agitant et en battant des jambes.

Je la repositionne pour les caler sous l'une des miennes.

— N'essaie pas de t'enfuir.

Je lui redonne une claque, au même endroit. Une marque rose apparaît sur sa peau ferme.

— Je vais seulement rajouter des fessées.

— Hum...

Je suis certain qu'elle est surprise par le caractère sexuel du châtiment. Cela semble être la raison pour laquelle ça fonctionne si bien. On ne fait pas réellement de mal aux femelles, et leurs corps sont excités par leur nature soumise.

Toutefois, celle-ci lutte par habitude.

— Arrête ! siffle-t-elle en me griffant les mollets.

Je réponds par une flopée de fessées sur le haut de ses cuisses.

— Oh ! Aïe ! Tu... tu...

— Mon nom est Khrys.

Je lui redonne une claque, au milieu du derrière, sur son sexe luisant.

— Souviens-toi de ça pour tes excuses. Quand tu seras prête, bien sûr.

J'abats ma paume à plusieurs reprises jusqu'à ce que le rose s'intensifie.

— Garde les bras baissés. Me griffer te vaudra le doublement du châtiment, ajouté-je.

Elle réplique en plongeant ses ongles dans ma peau, si profondément qu'elle me fait saigner.

Je la maintiens en place d'une main et récupère des menottes-magna de l'autre. Puisque j'ai l'avantage, je trouve facile de les refermer sur ses poignets délicats.

— On arrête ça.

Elle commence à dire quelque chose, mais sa phrase se transforme en un petit jappement quand je reprends la fessée. Je n'utilise pas toute ma force, bien sûr, mais une paume ferme de Zandian peut faire beaucoup de choses à son joli petit derrière de guerrière.

— On va mettre quelques points au clair.

Je lui assène une nouvelle claque pour appuyer mes propos.

— Tu vas m'écouter et faire ce que je te dis — nos vies en dépendent. Je suis ton maître et le commandant de ce vaisseau. Si tu refuses de te soumettre, tu seras punie.

J'abats ma main encore une fois, bien et fort.

Elle crie et essaie de donner des coups de pied, mais je lui ai coincé les jambes.

— Ton postérieur doit commencer à être douloureux.

Je m'arrête et le lui caresse. Je presse son joli derrière.

— Quand tu seras prête à dire que tu es désolée, je t'écoute.

Elle ne dit mot. J'entends le son de sa respiration rapide.

— Bien, marmonne-t-elle au bout d'un moment. Pardon.

— Pour ?

Je lui palpe à nouveau les fesses.

Elle ondule des hanches et laisse échapper un petit gémissement.

— Pour t'avoir agressé.

— Et ?

Je les serre et les frotte encore une fois. Devant son absence de réponse, je lui assène quelques tapes de plus. Son postérieur se contracte et se détend.

— Pour avoir pensé que tu étais un être respectable. Je suis désolée d'avoir cru que tu serais honorable et que tu me libérerais.

J'étouffe un ricanement. Elle est adorable. Elle a la langue bien pendue pour une esclave – mais elle n'a pas été la propriété des Ocretians. Elle n'a pas été conçue pour servir, mais modifiée par les Kraas pour se battre.

Mon sexe appuie intensément contre sa hanche et je meurs d'envie de passer à la partie la plus agréable de la punition. Toutefois, elle ne s'est pas encore soumise.

— Dois-je utiliser ma ceinture ?

Cette idée suffit à enflammer mon corps de plaisir. Corriger cette humaine est plus excitant que je m'y attendais.

— Non.

Sa voix est maintenant calme.

— Je ne recommencerai plus.

— Et ?

— Tu veux autre chose ?

Elle hausse le ton de frustration.

— Je dois t'apporter l'Univers sur un plateau en platine ?

Je souris. Oh, par les étoiles ! Qu'est-ce que je ne ferais pas pour posséder cette petite guerrière et me battre régulièrement avec elle ! Bien sûr, ce sont des pensées ridicules. Elle n'est pas destinée à être ma compagne. Je vais l'emmener directement au docteur Daneth et au roi Zander... quand je la ramènerai. Cette pensée me met mal à l'aise. Je m'attendais à une femelle reconnaissante, heureuse de ne pas être au service des Ocretians. Tous les humains sur Zandian sont ravis d'être là.

Celle-ci, par contre, avait déjà des projets d'indépendance. Toutefois, je doute qu'elle y soit parvenue sans mon aide, mais je ne crois pas qu'elle perçoive les choses de cette manière.

Enfin, la libérer n'est pas une option. Je ne mentais pas quand je disais qu'elle ne survivrait pas sans maître. Les humains ne sont pas des êtres libres dans cette galaxie. Sans un protecteur bienveillant, sa vie pourrait devenir un enfer.

De plus, si je ne la ramène pas, je devrai certainement faire face aux conséquences pour être parti en mission sans permission, en plus de ma position déjà précaire avec le roi.

Elle remue et ses seins fermes appuient contre mes cuisses. Ses mamelons sont durs et je sens le besoin de la libérer et d'en saisir un dans ma bouche.

— Dis mon nom, lui ordonné-je en aboyant.

— Je l'ai oublié. Il n'est pas mémorable.

Elle renifle.

Je lui prends les fesses, les serre brusquement, puis je lui assène une bonne claque sur la droite.

— Si, tu t'en souviens.

— Khrys ! crie-t-elle. Khrys.

Et soudain, les pensées dans ma tête changent. Elles ne sont plus uniquement sexuelles, mais protectrices. En un instant, le simple fait de l'entendre prononcer mon nom éveille mes plus forts instincts de gardien. Je ferais tout pour lui éviter la moindre blessure.

Je lui caresse les fesses, apaisant la douleur que je lui ai infligée.

— C'est bien.

Elle remue sur mes genoux. Je la remonte pour l'asseoir et contemple son adorable visage.

— Je suis l'unique chose entre toi et ça.

Je pointe la fenêtre du vaisseau, où la noirceur de l'espace est immense. L'un de mes bras s'enroule autour de son dos, mes mains cajolent la zone entre ses hanches et ses cuisses.

— Regarde, il n'y a pas d'étoiles en vue. Tu ne peux pas survivre sans moi pour l'instant. Je me moque de savoir à quel point tu es intelligente, tu ne peux pas piloter ce vaisseau toi-même. Tu n'as nulle part où aller. Si tu m'agressais, ça signifierait notre mort à tous les deux. Pigé ?

Elle acquiesce, puis détourne les yeux.

— Je comprends.

Elle s'affaisse sur moi et mon corps se complaît dans la sensation de sa douce peau contre la mienne.

— Seulement, pendant une seconde, j'ai cru que peut-être...

Elle secoue la tête.

— Peu importe.

— Tu pensais quoi ?

— J'ai imaginé que peut-être j'avais une chance de fuir. Que ma vie pourrait être différente de ce qu'elle était.

J'entends à peine ses propos.

La culpabilité s'enfonce dans ma poitrine. Les humains ont des existences si difficiles dans cette galaxie ! Sur ma planète, c'est beaucoup mieux que nulle part ailleurs, mais elle ne peut pas le savoir ni le croire.

Je lui touche le menton.

— Ce ne sera pas la même chose, Kailani.

C'est agréable de prononcer son nom.

— Je n'agirai pas comme tes anciens maîtres, continué-je.

Je la regarde dans les yeux, pour qu'elle puisse voir ma sincérité.

— Je te le jure. Je ne te priverai pas de tes médicaments. On ne te fera aucun mal.

Elle me fixe pendant de longues minutes.

— Pourquoi tu m'as aidée ?

Elle semble sceptique.

— Pourquoi prendre de tels risques ? poursuit-elle en examinant le vaisseau autour de nous. Et avec une technologie hors de prix. Ta planète doit penser que j'ai une certaine valeur.

Bordix ! Elle a raison, bien sûr. Et je ne veux pas lui mentir. Mais je souhaite aussi qu'elle me fasse confiance, à moi et aux miens, avant de lui demander de nous aider.

Je prends le temps de trouver les bons mots pour la convaincre.

— Zandia a besoin des humains.

Je l'examine attentivement en jaugeant ma réponse.

— Les nôtres sont au bord de l'extinction, expliqué-je. Il ne reste qu'une poignée de femelles toujours en vie. Mais nous avons découvert que les Terriennes sont les plus compatibles pour perpétuer notre espèce.

Elle se raidit.

— Je ne suis pas une esclave reproductrice.

— Non, non, non. Je me suis mal exprimé. Les humaines ne sont pas asservies sur Zandia. Sur notre planète, elles sont nos compagnes.

Elle écarquille ses yeux bleus. Elle déglutit.

— Tu me veux pour compagne ?

J'ignore pourquoi j'hésite. J'aurais dû dire *non* immédiatement. Mais je ne le fais pas. Peut-être à la manière dont elle m'observe – comme si l'idée ne la répugnait pas. Ou parce qu'elle me plaît depuis la première fois que j'ai vu son image dans la publicité de la vente aux enchères.

Mais je ne le fais pas. Elle est pour Zandia, pas pour moi.

— Non.

Je baisse le regard.

— Pas la mienne. Sur Zandia, les humaines peuvent faire des choix pour leur existence. Oui, elles ont besoin d'un tuteur zandian ou d'un compagnon, mais elles ne sont pas esclaves.

— Oh !

Elle reste silencieuse un instant.

— Tu pourrais me mentir, ajoute-t-elle.

J'acquiesce.

— Je pourrais. Mais ce n'est pas le cas. Je peux te montrer des holo de Zandia.

— Ce pourrait être des faux.

Je hausse les épaules.

— Écoute, Kailani. Toi et moi savons tous les deux que je pourrais te mettre en cage et te revendre comme ça.

Je claque des doigts. Devant sa grimace, j'ai l'impression d'être un connard.

— Mais je ne le ferai pas. Je t'emmène sur ma planète, où tu seras accueillie et beaucoup mieux traitée que tu ne le serais avec n'importe quelle autre espèce.

Elle m'examine.

— Toutes les humaines sur Zandia doivent avoir un parrain. Quelqu'un qui prend la responsabilité de s'assurer qu'elle s'acclimate à la société zandianne. Je suis ton maître pour l'instant et j'ai besoin que tu comprennes deux choses. Premièrement, j'ai plus de pouvoir que toi. Deuxièmement, je ne te ferai pas de mal.

— Tu viens de me donner la fessée.

Sa voix contient des reproches et elle change de position sur mes cuisses.

Je lui caresse le bas du dos et le côté d'une jambe pour l'apaiser.

— Tu m'as agressée, lui rappelé-je. Il y a des conséquences.

Je lève ma seconde main pour prendre l'un de ses seins nus, l'effleurant du pouce.

Elle déglutit.

— Ce n'était pas très gentil.

— Non ?

Mes lèvres remuent.

Elle ondule des hanches, sa respiration s'accélère.

— Tu aurais pu me demander courtoisement de ne pas t'attaquer à nouveau.

Je ris.

— Ce n'est pas dans le guide du guerrier.

J'aime son sens de l'humour parce qu'il fait ressortir le mien. Ça aussi, c'est une nouvelle évolution pour moi, puisque les Zandians sont rigides et orientés vers le devoir.

Mais la présence de femelles humaines sur notre planète a permis, même à des célibataires comme moi, de développer des régions inexploitées de notre personnalité.

— Ça a fait si mal que ça ? Je vais t'examiner.

Je la retourne, je la manie facilement étant donné son poids. Je souhaite vérifier son doux derrière et voir si elle a besoin d'un baume apaisant, mais pour dire vrai, je désire seulement parcourir son corps du bout des doigts, pour la récompenser pour sa soumission.

Les menottes cognent contre mon mollet. Je tends la main pour les lui retirer et je jette les liens argentés de côté. Elle est beaucoup plus docile, maintenant, et je ne veux pas l'attacher plus qu'il n'est nécessaire.

J'effleure son postérieur du bout des doigts.

— Jolies et roses. Tu vas le sentir, tout à l'heure. Je ne le sais pas par expérience – je n'ai jamais donné la fessée à une femelle auparavant –, mais c'est ce qu'on dit. Les mâles de mon espèce s'émerveillent devant la prodigieuse beauté des derrières des humaines.

Je pose ma paume sur ses fesses fermes.

— Seulement pour que tu te souviennes que c'est ce qu'il se passera la prochaine fois que tu me grifferas avec tes ongles pointus ou que tu tenteras de me mettre K.-O.

— Mais pas si j'essaie d'attraper ton épée et que je te découpe les bras, me taquine-t-elle avec optimisme.

Ensuite, *bordix*, elle relève son derrière contre ma paume, comme si elle demandait une nouvelle fessée.

J'hésite. Je l'ai punie ; tout ça est terminé. Sauf que de toute évidence, ce n'est pas le cas. Mon sexe n'a pas reçu le message. Puis je sens l'odeur incomparable de son excitation entre ses cuisses.

Ma petite guerrière aime ce que je lui ai fait. Et je pense qu'elle en veut plus. C'est comme ça que les

Zandians ont appris à maîtriser les femelles humaines sur ma planète. Pas à travers les méthodes cruelles utilisées par les Ocretians sur leurs esclaves, mais avec une domination charnelle. Une subtile punition sur leurs zones érogènes. On les lie à nous, et ce lien devient incassable des deux côtés.

— Tout type de démembrement est absolument interdit, rétorqué-je avec le plus grand sérieux en lui administrant une claque de plus.

Elle remue.

— Hmm ! Même un doigt ? s'enquit-elle en écartant légèrement les cuisses. L'absence d'un seul doigt ne te ferait certainement pas trop de tort.

Je lui en redonne une, bien ferme, à la base des fesses.

— Peut-être que tu ne comprends pas la puissance d'un doigt, Kailani. Je vais te montrer ce qu'il peut faire.

Je pousse l'une de ses jambes doucement.

— Ouvre-les plus, s'il te plaît.

Je l'aide. Quand ses cuisses sont bien écartées, la droite pend légèrement de mes genoux. Sa fente est couverte d'humidité et dégage le plus délicat arôme provocateur.

— Par les étoiles, petite guerrière !

Pour l'instant, elle ne semble pas se soucier du surnom. Elle ronronne doucement, une note grave.

Je ne devrais pas faire ça. La discipline est une chose, le contact sexuel en est une autre. Elle n'est pas ma compagne, et je ne suis pas son maître. Je ne devrais pas la réclamer de cette façon. Je ne devrais pas penser à elle comme ça.

Mais je ne m'arrêterai pas. Je lui caresse les cheveux de la main gauche et glisse la droite entre ses cuisses.

— Ne sous-estime jamais le pouvoir d'un gros doigt.

Pendant que je parle, j'en faufile le bout très lentement contre sa peau.

— Parfois, c'est une chose singulière qui peut provoquer une réaction terrible.

Elle lance un cri de surprise et murmure quelque chose en essayant de remuer plus près de mon point de contact.

Je lui redonne une bonne fessée et la maintiens en place.

— Reste là où je t'ai installée, lui dis-je fermement.

Elle s'arrête de bouger pour que je puisse retoucher sa cuisse. Son sexe est plus humide qu'auparavant et elle gémit.

— Khrys ?

Elle attrape ma jambe, mais cette fois, elle me la saisit complètement. Elle ne tente plus de s'enfuir. C'est plus comme si elle essayait de s'accrocher à moi. J'aime bien.

Je me demande si elle a déjà eu un orgasme dans sa vie étrange et difficile. Je me moque si c'est mal. Je souhaite lui donner de la passion.

— Un être t'a déjà touchée... comme ça ?

J'effleure son sexe de mes doigts. Je le frôle à peine.

— Ils t'ont procuré du plaisir ?

— Non.

Elle est à bout de souffle.

— Je n'ai... je n'ai jamais. Ils m'ont fait des injections hormonales pour s'assurer que je ne voudrais pas...

Elle s'interrompt.

— Mais elles ont dû s'estomper, maintenant.

Je lui caresse le bas du dos.

— Détends-toi sur moi. Laisse les sensations grandir en toi.

Elle décontracte ses muscles et s'affaisse sur mes genoux.

— Tu vas faire quoi ?

J'effleure les abords de sa fente doucement.

— Ça.

Je cajole sa peau humide sans relâche.

— Et ça.

Je descends et monte le long de son corps.

— Un peu de ça.

Elle respire plus fort, maintenant.

— Khrys...

— Et peut-être que si tu es très gentille... ça.

Je tapote son clitoris avec mon index.

Chapitre Quatre

K *ailani*

Quand il m'a donné la fessée, j'étais furieuse – puis le sentiment s'est transformé en autre chose. Mon cœur est en feu, des petites étincelles fusent et dansent le long de mes nerfs, toutes les sensations culminent entre mes cuisses. Mon derrière picote d'une manière indéniablement agréable, et ça déclenche en moi le besoin de quelque chose de plus.

Je ne me suis jamais sentie comme ça auparavant et je ne veux pas que ça cesse.

— S'il te plaît. Recommence.

Je soulève les hanches pour chercher son doigt magique.

Il rit.

— Ça ?

Puis il effleure ma peau et frôle le petit point, le centre de mon énergie.

Je crie pratiquement de plaisir.

— Khrys !

— Chuut ! m'apaise-t-il en me caressant les cuisses. Ce n'est que le début.

Ma respiration s'accélère et je ferme les yeux pour me concentrer sur les sensations. Mon corps semble savoir comment faire ça ; j'écarte les jambes et m'incline pour qu'il ait un meilleur accès.

— Tu vois comme un seul doigt peut-être... attrayant ?

Il me caresse à nouveau, sans relâche.

— Là... Et ici, aussi ?

Maintenant, il glisse son doigt dans ma fente, il joue et me touche. Mon ventre s'enflamme.

Je hurle de plaisir, contracte mes muscles lorsque des élans de joie pure me traversent. Ça ne prend pas fin ; les sensations grandissent et prennent de l'ampleur. Quand elles culminent dans une puissante explosion de lumière, j'en perds pratiquement connaissance.

Quand je flotte pour revenir dans mon corps et ouvre les yeux, je suis assise sur ses genoux, ma tête appuyée contre son épaule, mes bras fermement serrés autour de lui, aussi fort que je le peux. Les siens, forts et violets, m'encerclent et son souffle est chaud dans mes cheveux.

Je change de position.

— Khrys ?

Je m'éclaircis la gorge. Mon derrière m'élance un peu après la fessée, mais c'est presque passé. La sensation prédominante est celle du plaisir qui s'attarde. Je suis plus détendue que jamais. C'est fantastique. En fait, je souhaite déjà recommencer.

Sous moi, son sexe est dur comme le roc. Je descends une main.

— Tu n'as pas pu...

J'ai envie de ressentir encore cela. J'en veux plus. Je désire tout connaître de cette nouvelle partie de ma vie.

Mais il est distant.

Il s'éloigne de moi et me pose sur le banc à côté de lui.

— Je n'aurais pas dû faire ça.

— Je ne comprends pas.

Je cligne des yeux en le regardant.

Il se lève et me tend la couverture argentée.

— J'ai des vêtements supplémentaires dans un placard. Je vais en trouver qui t'iront.

— Mais tu ne veux pas... avoir du plaisir aussi ? demandé-je en inclinant les épaules.

— Ce ne serait pas approprié.

Sa voix est crispée. Presque autant que le gourdin dans son pantalon.

— Je suis ton maître temporaire – uniquement jusqu'à notre arrivée sur Zandia.

— Et il se passera quoi, après ?

Il se détourne et fouille dans le placard, puis place une pile de vêtements à côté de moi avec un tube de fluides et des paquets de nutrition.

— Ressaisis-toi et on parlera ensuite.

Le banc du vaisseau n'est pas large, pourtant je me sens seule sur ce banc quand il se rassoit devant la console de vol en fixant les ténèbres qui nous entourent. On aperçoit désormais des étoiles, certainement à des milliers d'années-lumière. C'est étrange comme il peut paraître encore plus distant.

Bon, c'est mieux qu'une migraine... En prenant une grande inspiration, j'enfile un pantalon et une veste élégante. Les bottes me vont comme un gant. C'est indéniablement une amélioration par rapport à la cellule des Kraas.

Toutefois, je ne sais pas si je dois le croire au sujet de Zandia. Je ne suis pas sûre qu'il me dise la vérité.

Mais le plaisir bourdonnant toujours dans mes veines efface la douleur de la captivité. C'est mille fois mieux que d'être possédée par les Kraas ou certainement par n'importe quel maître qui aurait pu m'acheter aux enchères.

Je jette un œil sur son dos et ses larges épaules. Les épaisses cornes sur sa tête semblent bouger et changer en fonction de ses sentiments. Je note d'apprendre à lire la signification de ces modifications. À quoi cela ressemblerait d'être la compagne d'un mâle comme lui ? Un être dont les punitions sont bien plus délicieuses que tout ce que j'ai pu connaître.

Un frisson me parcourt et mon sexe se contracte à l'idée de le réclamer pleinement. Mais il a dit qu'il était mon maître de façon *temporaire*. J'ignore ce que ça signifie, mais je n'aime pas ça. Quelque chose de bien moins agréable m'attend sur Zandia, et je dois me préparer à toute éventualité.

J'ouvre un paquet de nourriture pour manger et je bois un tube de fluides.

Quelques secondes plus tard, une légère sensation me démange le long de la tempe. De la peur s'infiltre dans mes tripes.

— Khrys ?

Je me lève, les doigts tremblants sur mon breuvage. Ma voix est haut perchée.

— Qu'est-ce qu'il se passe ? demande-t-il d'un air préoccupé en se retournant.

Je me touche le front.

— Ça recommence. J'ai besoin de mes médicaments.

J'espère par les étoiles qu'il va me donner la dose qu'il me faut.

Il secoue la tête.

— *Bordix !* Excuse-moi, j'ai oublié.

Le soulagement que je ressens en cet instant m'emplit de gratitude. Ce guerrier est peut-être digne de confiance.

Il se tourne vers la console, appuie sur des boutons avant de se lever pour aller dans le placard de l'autre côté de son siège.

— J'ai ta réserve de médicament juste ici. Je vais te l'apporter. Assois-toi.

Il sort le contenant raffiné.

Le murmure de la douleur s'accentue, comme de légères piqûres d'épingle. Je presse ma paume contre mon front, un mouvement inutile. L'adrénaline court dans mes veines.

— S'il te plaît, dépêche-toi.

Ma vision commence à s'obscurcir. Les étoiles de l'autre côté des fenêtres, les petits points de lumières se transforment en amas.

— Tiens.

Il est près de moi. Ses mains sont puissantes, mais si douces quand il me caresse le visage.

— Combien ?

— Quatre gouttes.

Je ferme les paupières.

Le goût amer n'a jamais été autant bienvenu. Quand le liquide touche ma langue, le soulagement est presque instantané. Premièrement, les arômes des herbes et de la terre s'emparent de mes narines et ensuite les douleurs pulsantes vacillent et s'évanouissent. Disparues.

Les yeux clos, je prends une grande inspiration, je me lèche les lèvres, même s'il n'a rien renversé. Je déglutis ma propre salive, une fois, deux fois, pour m'assurer que j'ai avalé jusqu'aux derniers vestiges de la drogue. Il m'examine, les sourcils froncés lorsque je soulève les paupières. Derrière lui, dehors, dans le vide de l'espace, les étoiles sont de retour à la normale.

— Ça va mieux ?

Il a revissé le capuchon avec le compte-gouttes sur la bouteille. Ses yeux demeurent sur mon visage, veillant sur moi.

J'acquiesce.

— Oui.

Il range soigneusement le flacon dans la caisse.

— Comment fonctionne le médicament ?

Il s'assoit à côté de moi.

Je regarde le petit récipient ambre niché dans le capitonnage et secoue la tête.

— Ils ont fait quelque chose aux vaisseaux sanguins de mon cerveau, ceux qui le nourrissent. Ils se rétrécissent sans les médicaments et c'est douloureux. L'antidote est fait de pollen d'une fleur qu'on trouve sur Dentron. Il élargit les veines et les artères, mais c'est provisoire.

— Et sans lui, les migraines ressurgissent toujours ?

Il me touche le front doucement, puis retire sa main. Il fronce les sourcils.

— Elles vont disparaître un jour ?

La peur revient à la surface.

— Peut-être qu'avec le temps, mon corps va parvenir à s'adapter, qui sait ? Mais je ne supporte pas assez la douleur pour le découvrir.

J'imagine endurer cette souffrance insoutenable pendant plusieurs cycles solaires.

— Je préférerais me jeter dans le vide de l'espace.

Je deviens fougueuse. Il sursaute comme si ça le surprenait.

— Kailani, on a assez de médicaments pendant un moment.

Il ressort la bouteille de la caisse et la tient dans un angle pour voir combien il reste de liquide.

— Il...

Il s'arrête, faisant de toute évidence des calculs mentaux.

— *Bordix !* Seulement une dizaine de doses.

Son visage s'assombrit.

— Ils le fabriquent comment ?

Il saisit ma main.

— On a besoin du pollen, pour commencer.

Mon corps se réchauffe et j'ai un doux frisson en prononçant le *ton. On a assez de médicaments.* Je déglutis péniblement et lui serre les doigts.

— Ils le mélangent avec autre chose, mais le pollen est l'ingrédient principal. Une fois, ils ont été à court et ils m'en ont donné chaud et écrasé. Ça a fonctionné de la même manière, même si ça a pris beaucoup plus de temps pour agir et si ça ne m'a pas entièrement débarrassée de la migraine. Mais il reste magnifiquement efficace tout seul.

— Et Dentron ? Tu as beaucoup de connaissances sur cette planète ?

Il fait quelque chose sur son poignet holographique et affiche une carte solaire.

— Ce n'est pas très loin. C'est une à une demi-rotation planétaire de vol.

Il semble étonnamment satisfait.

— Mis à part qu'elle est habitée par des indigènes sans technologie, mais hostiles qu'on va devoir éviter, je ne sais pas grand-chose.

— Ils ne pouvaient pas cultiver la plante, d'où tu viens ?

— Non. Je crois que l'environnement n'était pas le bon.

J'ai peu de connaissances en agriculture et, de toute évidence, ils ne partageaient pas beaucoup d'informations avec moi. Mais d'après ce que j'ai entendu des conversations, c'était le problème.

J'essaie de me souvenir de tous les faits que j'ai en mémoire à propos du médicament.

— Mais ce n'était sûrement pas une grande priorité non plus. Sans ce médicament... Khrys, je ne suis pas mieux que morte.

— Ne parle pas comme ça, rétorque-t-il à voix basse et avec férocité. Regarde-moi, Kailani. Je vais aller te le chercher.

— Mais quand ?

Je hausse une épaule.

— Après que tu m'auras emmenée sur ta merveilleuse planète en tant qu'esclave ? Je n'ai pas autant de temps.

— Je te l'ai dit, les humaines ont une belle vie, là-bas. Elles ne sont pas asservies.

Sa voix s'élève de frustration et il retire sa main de la mienne. Il se lève et arpente la pièce.

Puis il se rassoit et il enfouit son visage entre ses paumes.

— Écoute. Voilà comment tu pourras me faire confiance. On va aller directement sur Dentron pour le pollen, récupérer des graines et des plantes et peu importe ce qu'il faut pour la cultiver sur Zandia. Nous avons les meilleurs experts, là-bas, je te le promets. La compagne du roi est humaine et elle est une spécialiste. Elle arrive à faire pousser des végétaux originaires de la Terre.

Sa voix est basse et persuasive. Le miel et l'acier sont mélangés. Ses yeux prennent une teinte violette pendant une seconde. Il semble si sincère !

— En gage de mon honnêteté, Kailani.

Il marque une pause.

— Je te donnerai le contrôle sur tout ce qu'on récoltera.

Il se retourne pour attraper la caisse avec les médicaments et me la remet.

— C'est à toi, d'accord ? À partir de cette rotation planétaire.

Je la lui arrache des mains et je la serre contre ma poitrine, mon cœur bat la chamade.

— Alors ? Tu me fais confiance, maintenant ?

Je presse la réserve si fort contre moi que mes doigts me font mal. Je ne me fie pas à lui, mais il vient de m'offrir le cadeau nécessaire à ma survie. La chose que mes maîtres kraas ont utilisée pour me contrôler. Il me l'a donné librement. Alors, j'acquiesce.

— Oui.

Mon souffle devient rapide et superficiel.

— Bien. Écoute, Kailani. Le médecin sur Zandia, le docteur Daneth, est doué. Il est possible qu'il puisse réparer les dégâts que t'ont infligés tes propriétaires. Si tu veux qu'il essaie, ajoute-t-il immédiatement en voyant mon expression.

— Non, le coupé-je. Plus de laboratoire. Plus jamais. Je déteste les docteurs.

Il lève une main.

— Sur Zandia, on te fabriquera assez de médicaments pour toute ta vie.

— Et tout ce que je dois faire en échange, c'est... ?

Je hausse les sourcils.

C'est moi ou il semble légèrement mal à l'aise ?

Il se racle la gorge.

— Contribuer au développement de Zandia.

— Comment ? En prenant un compagnon zandian ?

Ses cornes s'épaississent et se penchent dans ma direction, faisant accélérer mon pouls. Montrent-elles son intérêt ? Son

attirance pour moi ? Je sais qu'il me désire – j'ai vu cette grosse
érection tendant son legging et sa tunique, tout à l'heure.

Il hausse simplement les épaules, avance vers le pont et
regarde l'obscurité.

— Tu pourras choisir le chemin que tu veux.

Peu importe qu'il me mente ; je n'ai toujours pas d'autre
option, sauf si je prévois de l'agresser une fois sur Dentron
et de partir seule à bord du vaisseau.

J'évalue cette idée pendant quelques secondes – ce
serait certainement difficile d'apprendre à piloter ce vaisseau, mais je pense pouvoir réussir. Devrais-je réessayer de
m'échapper ? Je serais mon propre maître, je pourrais
prendre en main ma propre destinée.

Mais pour le moment, tout ce que je dis, c'est :

— Très bien.

Je regarde les ouvertures, les lumières qui s'estompent et
celles qui avancent.

— Marché conclu.

C'est parti. Premièrement, je dois me procurer du
pollen. Pour le reste, je verrai plus tard – une fois qu'il sera
en ma possession.

Il file au pas de course vers la console pour répondre à
un bip et à une lueur rouge qui clignote. Une fois le
problème résolu, il se tourne vers moi.

— Il faut que tu dormes. Ton corps a certainement
besoin de se reposer.

On jette tous les deux un œil vers les menottes-magna
sur le sol. Il les récupère et les range dans un placard.

Il me regarde pendant de longues secondes et sourit
ensuite.

— On se fait confiance, non ? Maintenant qu'on a un
accord, elles sont inutiles.

L'excitation me donne des papillons dans le ventre en repensant à ce qu'il a fait quand je les portais. C'est suffisant pour emplir mon être d'un merveilleux sentiment de désir. J'ai envie de lui dire :

— Et si on les veut ?

Mais la fatigue prend le dessus et je bâille si fort que j'en ai mal au visage.

— On se fait confiance.

Je bâille à nouveau.

— Oui.

Il sourit. Je jurerais qu'il pense à la même chose que moi.

— Je vais peut-être dormir.

Je parviens à peine à prononcer les mots avant que tous mes muscles deviennent du plomb sous l'épuisement. Je m'effondre sur le banc, serrant toujours la caisse contre mon ventre.

— Réveille-moi quand...

Puis plus rien.

* * *

Khrys

Elle s'assoupit au milieu de sa phrase alors que les évènements de la dernière heure la frappent.

Je la porte jusque dans l'aile des dortoirs et la pose sur l'un des lits. Je la recouvre avec une couverture et repositionne la boîte de médicament pour éviter qu'elle se l'enfonce dans les côtes. Elle la tient toujours comme si c'était la seule chose au monde qui ait de l'importance – et je suppose que c'est le cas. Une mèche de ses cheveux tombe sur son visage et je la repousse de mon index.

— Ils sont si doux ! murmuré-je.

Ses cils caressent ses joues et je résiste à la tentation d'embrasser ses lèvres pendant son sommeil.

Ne t'attache pas trop, me répété-je.

Maintenant qu'elle s'est endormie, je saisis l'occasion de lui appliquer un pack de soin sur le bras. Cela aidera à équilibrer sa nutrition et lui donnera des médicaments, y compris pour contribuer au repos nécessaire aux humains pour se remettre d'un trauma. Dommage que ça ne puisse pas soulager ses maux de tête.

Et que ça ne puisse pas résoudre mes problèmes.

Je me souviens de mes propres soucis. Je prends une grande inspiration, je vérifie que Kailani est profondément assoupie et je fais la chose que je redoute le plus. Je passe un appel holo à mon commandant. J'ai coupé les communications à l'instant où j'ai quitté Zandia pour éviter qu'on me contacte. Je vais devoir affronter de plus sérieuses conséquences qu'une simple rétrogradation, je le sais.

— Maître Seke, c'est le capitaine Khrys, commencé-je en gardant un ton égal. Je suis sur le vaisseau A-25X actuellement dans la galaxie Ambi.

— Capitaine Khrys, vous n'avez pas d'autorisation de mission.

Il ne perd pas de temps en paroles inutiles. Il est assis à son poste au palais royal. Derrière lui se dressent son assistant et un huissier d'armes, mon ami Gabin.

— Excusez-moi, maître Seke, mais je suis en route pour Zandia. J'ai récupéré une femelle qui servira bien notre planète. Quelqu'un dont l'ADN pourrait apporter une solution à l'épidémie Z4-A.

Je lance un regard vers les dortoirs. Un sentiment de

culpabilité me transperce, mais je le repousse. C'est nécessaire. Pour Zandia. Et pour restaurer mon honneur.

— J'ai sauvé une humaine, Kailani. Celle qui est modifiée, plus forte que la normale et qui peut combattre tous les
virus. Elle est intacte. Je vais la ramener au roi Zander et au
docteur Daneth, pour qu'ils puissent comprendre les
améliorations qu'elle a subies de façon à aider les jeunes.

— Je n'ai pas entendu parler d'une telle humaine.

— Elle est réelle. Tu pourras vérifier ses statistiques.
Elle s'est échappée avant d'être mise aux enchères. J'ai
contribué à son évasion.

— Je vois.

Maître Seke se renfrogne.

— J'ai constaté sa force de mes propres yeux. Elle est
meilleure que le suggèrent nos fichiers.

Je marque une pause.

— Je suis convaincu que tout ce que nous avons sur elle
est vrai, ajouté-je.

Gabin récupère le dossier de Kailani et le lui transmet.
Les sourcils de maître Seke se lèvent sur son front violet
sans la moindre ride.

— Si tout est exact, le docteur Daneth sera très intéressé
pour ses études. A-t-elle réellement des propriétés antivirales ?

— Je n'ai aucun moyen de vérifier une telle chose, mais
oui, c'est ce que son ancien maître proclamait.

Je n'ai pas encore demandé à Kailani si tout est vrai. Ma
poitrine se serre, mais je poursuis :

— Si elle offre ses attributs uniques pour Zandia, je
présume qu'elle aura un endroit sûr où vivre ?

Si j'avais pu l'acheter comme prévu, ça aurait plus
facile, mais je n'ai pas pu. Elle est désormais une esclave en
fuite et sa tête est certainement mise à prix pour un

montant exorbitant. Si elle se fait coincer par n'importe quel être dans la galaxie, ce pourrait être sa perte. En fait, ce ne sera sûrement pas le cas, si on prend en considération sa valeur, mais son destin serait sans doute un enfer.

— Où est-elle en ce moment ? demande maître Seke en regardant derrière moi dans l'hologramme comme s'il la cherchait. J'aimerais l'entendre parler.

Je me lève et montre les chambres.

— Elle est endormie avec une assistance médicale. Elle est pratiquement indemne. Elle a quelques blessures mineures et une fatigue extrême.

J'avance et ouvre la porte pour qu'il puisse l'observer. Je la fixe aussi.

Elle est si adorable et petite, recroquevillée. Ses longues boucles brunes sont étalées sur le matelas. Ses paupières s'agitent – rêve-t-elle ? Elle remue et marmonne, repositionne son corps et retombe dans un profond sommeil.

Je referme et reporte mon attention sur l'hologramme, maître Seke reste silencieux.

— Je suis certain qu'elle voudra te parler quand elle sera réveillée et soignée.

Les Zandians ne mentent pas, et ces paroles – bien que je les croie – me paraissent être de la cendre dans ma bouche. Kailani pourrait très bien ne pas se présenter dans les règles de l'art devant le roi Zander ou maître Seke.

Même si je ne peux pas la garder, il se pourrait que je doive me lier correctement à elle en tant que son maître avant notre arrivée. Je ne peux prendre le risque qu'elle agresse un autre Zandian ou qu'elle agisse comme une déchaînée. Il n'y aurait rien de pire si notre monarque décidait de la rendre à ses propriétaires au lieu de lui offrir l'asile.

Maître Seke m'examine à travers l'hologramme.

J'ignore ce qu'il est sur le point de dire. Il pourrait décréter que je dois être emprisonné dès que je poserai le pied sur Zandia. Il pourrait tout aussi bien me bannir. Je retiens mon souffle.

— Reste en attente, ordonne-t-il d'une voix impersonnelle. Je vais consulter le roi.

Il ne part que quelques minutes, mais j'ai l'impression que des heures défilent avant son retour.

— J'ai fait le point sur la situation avec le roi Zander. Tu peux rentrer avec l'humaine. À ton atterrissage, elle sera mise en détention, tout comme toi. Puis il déterminera la suite. En l'amenant, bien sûr, tu l'aideras à tendre vers la clémence.

Je baisse la tête.

— C'est ce que j'espère, maître.

Le soulagement me submerge : pour le moment, ce ne sont pas nécessairement de mauvaises nouvelles pour moi.

Seke examine son bracelet holographique.

— Excuse-moi.

Il s'éloigne à nouveau et quitte la pièce.

Pendant que Seke discute hors de portée de nos oreilles, Gabin regarde à droite et à gauche avant de venir dans l'hologramme.

— Tu l'as réellement avec toi ? demande-t-il avec curiosité. Je me souviens que tu m'as montré les images. Je pensais que tu étais fou. Elle n'était pas aux enchères sous haute sécurité ? Pour un nombre non déterminé de *steins* ?

Il n'est certainement pas censé me parler ; mais je suis plus que ravi d'entendre sa voix. J'ai toujours un ami dans la galaxie.

De la fierté gonfle dans ma poitrine.

— Oui. J'avais prévu d'offrir un cristal zandian contre elle, mais elle a essayé de s'échapper et j'ai suivi le mouvement. On s'en est sortis en joignant nos forces. Elle est douée à ce point. Je pense que nous travaillons bien ensemble, sans anicroches.

Il secoue la tête.

— Tu as pris des risques incroyables. Je suis heureux que tu t'en sois sorti sain et sauf.

J'acquiesce.

— Ça a payé. Le roi était-il réellement en colère après ma disparition ?

— Vert de rage, mais il sera certainement plus enclin à te pardonner si tu reviens effectivement avec cette humaine. Tu sais qu'il est juste. Et la santé de certains des jeunes se détériore.

Son visage s'assombrit quand il ajoute :

— En particulier les héritiers de la couronne.

Il regarde de l'autre côté de la pièce.

— Je dois y aller. Maître Seke arrive.

Gabin recule et il reprend sa posture officielle.

Maître Seke, habituellement réservé, sourit et montre son enthousiasme.

— Le docteur Daneth a hâte de voir si on peut utiliser les améliorations de son sang pour aider les métis de Zandia à combattre ce virus difficile. Il prépare déjà l'équipement de test dont il aura besoin. Ce pourrait être un miracle pour Zandia, capitaine Khrys. Pour notre roi et pour nous tous.

Une pointe d'appréhension me traverse.

— Il ne lui fera pas de mal ?

C'est autant une menace qu'une question.

Seke semble surpris.

— Tu sais bien que non. Tous les humains ont de la valeur. Elle sera traitée avec soin et dignité quand il l'examinera et prélèvera du sang et des tissus pour les recherches.

Je le crois. Je suis pratiquement persuadé que Kailani ne verra pas la différence.

Maître Seke me regarde, impassible.

— Tu as de la chance de rentrer avec un tel cadeau. Veille à nous tenir au courant de tes progrès par comm. Quand tu atteindras l'atmosphère, je te guiderai.

— Compris. Merci.

Je l'examine à nouveau.

— Je dois faire autre chose avant pour assurer sa survie.

J'explique à maître Seke la question du médicament et des maux de tête de Kailani. Il approuve l'arrêt sur Dentron et il promet de me transmettre des informations zandiannes sur cette planète, même si elles sont minimes.

— Des autochtones y vivent, commence-t-il en vérifiant des documents holographiques. Ils sont sauvages et intelligents, bien que sans technologie. Le temps va bientôt changer, ça peut être n'importe quand, et on attend de dangereux orages. Sois prudent. Je t'ai envoyé des plans agrémentés de marqueurs biologiques pour les matières végétales – avec de la chance, ça t'aidera à trouver les champs de fleurs dont tu as besoin.

Maître Seke termine la conversation en me rappelant d'assurer la protection de la femelle contre toute menace bactérienne sur Dentron, puis je demeure seul avec mes troubles pensées... et une humaine endormie.

Je soupire et entre les coordonnées de Dentron. Ce n'est qu'à deux années-lumière ; nous y serons dans une heure, même en faisant un détour pour contourner une dangereuse ceinture d'astéroïdes.

Kailani marmonne et crie. Je me précipite vers les lits, laissant le vaisseau sur pilotage automatique.

— Chhuut, l'apaisé-je en m'assoyant sur la couchette à côté d'elle et en lui caressant la joue. Tu es en sécurité.

Je m'allonge près d'elle et l'attire contre moi.

— Tu n'auras plus de migraines, petite guerrière. Plus jamais. Je te le promets.

Qu'elle m'ait entendu ou pas reste un mystère, mais à l'instant où je la prends contre moi, elle murmure quelque chose d'inintelligible et se détend dans mon étreinte. Sa respiration devient régulière. Et bien que ce soit de la folie et que cela me donne un faux sentiment d'intimité, je continue de la serrer dans mes bras tandis qu'elle dort.

— Tout ira bien, dis-je même si c'est peu probable, autant pour elle que pour moi.

J'essaie de ne pas penser à quel point elle semble à sa place dans mon étreinte parce qu'à la seconde où on sera sur Zandia et qu'elle découvrira mon omission, elle me détestera à jamais.

Je ne vois tout simplement pas d'autre solution.

Chapitre Cinq

K *ailani*

Je me réveille en sursaut et pousse un cri guttural, complètement confus.

— Doucement... calme-toi, petite guerrière.

Une voix profonde résonne à mon oreille.

— Tu es en sécurité. On approche de Dentron, ajoute-t-il.

— Quoi ?

Je dégage son bras, la panique s'empare de moi. Avant que je me ressaisisse.

— Oh !

Je suis étendue sur le lit, son corps, bien plus grand, enveloppé autour du mien. Son torse massif fléchit sous mes paumes. Il a une odeur légèrement épicée, citronnée et délicieusement virile.

Je respire son parfum quand tout me revient : la vente

aux enchères. L'évasion. La manière dont Khrys m'a touchée et m'a apporté un plaisir indicible. De la chaleur pulse entre mes jambes à ce souvenir. Ou peut-être que c'est la sensation de son corps ferme contre le mien plus tendre. Je réalise que mes mains parcourent ses pectoraux. Elles explorent librement la ligne ciselée de ses muscles et je me fige.

— J'ai dormi combien de temps ?

Je m'étire, je me prépare à ressentir des douleurs provenant des blessures de notre évasion ou même un élancement sur le derrière après la fessée, mais tout est revenu à la normale. Mon corps me paraît aussi fort et souple que d'habitude.

Pendant un moment, la panique ressurgit et je tends la main pour vérifier s'il est toujours là, mais je sens le contenant avec mes médicaments près de moi. Je l'ouvre et récupère le compte-gouttes, je m'attends à moitié à ce que Khrys me l'enlève ou me refuse toute ma dose.

Il me regarde simplement en silence, puis quitte la couchette et me propose son aide, comme si j'étais une créature délicate qui avait besoin d'assistance pour se relever. J'ai envie de me moquer, mais le fait est qu'aucun être ne m'a jamais montré de considération, et je ne peux nier la chaleur que cela produit en moi.

J'accepte sa main et sors du lit en examinant la petite chambre autour de moi. Avons-nous dormi ensemble ? Toute la nuit ? Même si je sais qu'il ne s'est rien passé, cette pensée fait battre mon cœur plus vite.

— Il y a un tube de lavage dans la salle de bain. Tu en as déjà utilisé un ?

Je secoue la tête.

— Viens, je vais te montrer.

Il m'emmène dans l'installation et appuie sur le bouton.

La porte pneumatique d'une chambre cylindrique s'ouvre. Il m'encourage à y entrer. J'ai un mouvement de recul et résiste, j'ai soudain peur de ce qu'il pourrait essayer de me faire.

— Tout doux, petite guerrière. C'est seulement pour se nettoyer – pas une prison.

Il s'écarte de quelques pas et me laisse m'éloigner.

— D'accord, je vais y aller en premier.

Il pénètre dans le cylindre.

— Tu retires tes vêtements et y entres. Ce bouton active le lavage.

Il désigne un interrupteur contre la paroi.

— La porte du tube va se fermer, et il se remplira d'eau et de savon avant de se vider, de te rincer et ensuite de souffler de l'air chaud pour te sécher.

Mes tripes sont toujours nouées en mode défensif. Ce pourrait être un piège. Je n'ai jamais vu un appareil de ce genre.

Khrys me lance un regard et il doit comprendre que je ne lui fais pas encore confiance. Ses cornes se soulèvent et s'écartent l'une de l'autre. Il se renfrogne et sort. Je recule vivement. Son froncement de sourcils s'approfondit.

— Kailani, observe-moi, ordonne-t-il.

Il enlève sa tunique blanche en la passant par-dessus sa tête. Je déglutis, les yeux rivés sur son torse massif, puissant et musclé. Une carte violette géniale de crêtes et de vallées. Il soutient mon regard alors qu'il retire ses bottes avec ses orteils, puis il glisse les pouces sous la taille de son legging et le descend. Il n'a pas de boxer en dessous et son sexe à moitié redressé jaillit et s'agite.

J'essaie de déglutir, sans succès. Quand je lève les yeux de sa virilité, il continue de me contempler. Ses iris bruns semblent avoir pris une teinte violette. Ses cornes se sont épaissies et penchent dans ma direction.

— Ça fonctionne comme ça, dit-il en reculant dans la douche sans me quitter du regard.

Mes mamelons durcissent sous les vêtements qu'il m'a offerts. La curieuse chaleur qu'il a provoquée hier après ma punition s'accumule à nouveau dans mon bas-ventre, entre mes jambes.

Je n'en ai pas l'intention, mais je me retrouve à avancer, comme attirée par son corps lorsqu'il s'éloigne. Il continue de me retenir prisonnière par son regard intense. Avec ma vision périphérique, je remarque l'épaississement de son sexe, dirigé vers moi, quand il appuie sur le bouton sur la paroi.

La porte latérale se rabat, et il disparaît. Je prends plusieurs grandes inspirations quand le son de l'eau qui se déverse dans le cylindre m'emplit les oreilles. La salle de bain est envahie de vapeur.

Il n'y a plus rien à admirer – maintenant qu'il est à l'intérieur – et pourtant, je reste debout au même endroit, fixant le tube de lavage comme si je pouvais voir à travers les murs et regarder le guerrier géant se doucher.

Y prend-il plaisir ? À en juger par toute la buée, la température de l'eau doit être chaude. Quelque chose change et je n'entends plus rien couler. Un gargouillis indique que le liquide s'évacue. Une odeur citronnée remplit la pièce – ce doit être le savon. Ensuite vient le bruit des moteurs – les ventilateurs dont il a parlé. Puis la porte pneumatique s'ouvre. Même si je l'ai admiré nu il y a quelques instants, le superbe spectacle me laisse à nouveau bouche bée. L'immense mâle violet et musclé assaille mes sens. Ses cornes et son sexe épaissis pointent tous les trois dans ma direction comme si j'étais leur nord.

Je fonce pour récupérer son legging et le lui tendre comme une esclave de maison parce que je suis bien plus affectée par sa vue que je ne le voudrais.

— Tu es prête à essayer ? ronronne-t-il.

Essayer... ? Je n'arrive à penser à rien d'autre que sa verge. Suis-je prête pour ça ? Pour le goûter. Pour chevaucher ce gros membre en érection.

Mais ensuite, je réalise... Il doit parler du tube de lavage.

— Oh ! Hmm, oui. Oui, je vais le tester tout de suite. Merci.

J'opine du chef. Je semble à bout de souffle.

Il revêt son legging et récupère sa tunique, mais ne la remet pas. Il ne part pas non plus.

— Je... hmm... n'ai pas besoin d'aide, dis-je précipitamment. Je pense comprendre, maintenant.

Il incline la tête et sort de la salle de bain en refermant la porte derrière lui. Je sens son absence partout. J'avance même dans sa direction, comme pour le suivre – pour le rappeler et lui demander s'il peut me remontrer comment fonctionne le tube de lavage. Ou peut-être entrer avec moi et me savonner avec ses grandes mains ?

Je me secoue pour m'éclaircir les idées et retire mes vêtements. À l'intérieur, j'appuie sur le bouton qu'il m'a indiqué. De l'eau jaillit de tous les côtés – beaucoup plus vite que je m'y attendais. Je ravale un cri de surprise. Elle est chaude, extrêmement agréable, bien énergétique. Elle me masse le corps à une douzaine d'endroits avec des jets puissants. Le tube se remplit rapidement. En un instant, elle m'arrive à la taille. Puis aux épaules. Va-t-elle s'arrêter de s'élever ?

Je lève la tête vers le plafond, je suis soudainement terrifiée à l'idée de me noyer. Je prends une grande inspiration avant d'être complètement recouverte ! J'ouvre les yeux. Le savon les pique. Je les referme aussitôt. Juste au moment où la panique commence à affluer, l'eau se retire, descendant aussi vite qu'elle est montée.

Le parfum citronné me remplit les narines, me faisant penser à Khrys, j'ai la même odeur que lui. Des jets plus fins jaillissent sur mon corps pour me rincer, puis l'air chaud souffle fort, éliminant la moindre goutte.

Les portes s'ouvrent automatiquement. Je n'ai pas envie d'en sortir. Je suis triste que ce soit fini. Maintenant que je sais comment ça fonctionne, je souhaite recommencer. Je n'ai eu que quelques moments dans ma vie où j'ai ressenti du plaisir. L'un d'entre eux est celui où Khrys m'a offert un orgasme.

Puis ce matin, en me réveillant dans ses bras.

Et maintenant, ça.

Toutes ces expériences sont nouvelles et d'une certaine façon stressantes, alors je n'en profite qu'à moitié.

Celle-ci, je peux simplement répéter l'opération en appuyant sur un bouton. Mais serait-ce du gâchis ? Khrys me réprimanderait-il ?

La pensée des reproches me fait serrer les cuisses. Peut-être que je veux aussi réitérer cette expérience.

Je relance le cycle et un sourire qui ne m'est pas habituel étire mes lèvres quand l'eau rejaillit.

* * *

Khrys

Ah, bordix ! J'appuie le front contre la porte de la salle de bain et serre mon membre palpitant.

La manière dont la petite guerrière m'a regardé sortir de la douche me rend toujours dur. Elle a jeté un œil sur mon sexe comme si elle avait envie de découvrir son goût. Quelles seraient les sensations si elle le chevauchait vite et fort ? Sa peur du tube de lavage s'était évanouie et sa passion bouillonnait en dessous.

J'ai senti son excitation. Je connais cette odeur, maintenant, après la nuit dernière. Comme un gâteau chaud et les rayons du soleil de Zandia.

Quand je l'entends relancer la douche, je gémis. De la savoir à l'intérieur, toute nue.

Par les étoiles, elle est si belle !

Je la désire. Vraiment.

Mais elle n'est pas mienne. Sa raison d'être sur Zandia va au-delà de la reproduction et de la quête d'un compagnon. Elle pourrait être la réponse à l'épidémie de Z4-A affectant la plus jeune génération. Elle est bien trop importante. Et étant donné à quel point je suis tombé bas dans l'estime du roi Zander, je ne peux l'imaginer autoriser ma requête pour la faire mienne.

Toutefois, je dois gagner sa confiance. La lier à moi pour l'instant pour l'emmener avec son accord. Son existence jusqu'à maintenant a été horrible. Je suis convaincu que Zandia sera bien plus agréable, mais elle ne le sait pas encore.

Avec de la chance, elle se fiera à mon espèce et à moi parce que je lui ai donné le contrôle sur ses médicaments et que nous allons chercher les fleurs nécessaires pour en fabriquer plus.

Je serre à nouveau mon sexe à travers mon legging. Calme-toi, mon petit. Ce serait mal de la réclamer. Je ne veux pas l'induire en erreur. Je ne peux la prendre pour compagne alors qu'il est possible que je finisse dans un donjon.

Bien sûr, j'espère que ce ne sera pas le cas. Je souhaite pouvoir restaurer mon honneur, mais il se pourrait que je n'y parvienne jamais.

Je me force à m'éloigner de la salle de bain pour retourner vers le centre de commande. Il doit être presque temps d'atterrir.

* * *

Kailani

Après ma douche, je trouve un peigne dans la salle de bain et je me brosse les cheveux. Je me contemple dans la glace. Pour la première fois, je me sens belle. J'ignore si c'est parce que j'ai pris soin de mon corps dans le tube de lavage ou si c'est la façon dont le Zandian me regarde. Tout ce que je sais, c'est que ce sentiment n'est pas désagréable.

Toute ma vie, ce corps a été un outil pour les Kraas. Un accessoire à couper, creuser et changer. Un accessoire à utiliser pour atteindre leurs objectifs.

Ils n'avaient aucun intérêt pour ma beauté. Je n'ai pas été conçue pour avoir des petits à la chaîne. Je ne peux pas comparer mon existence à celle des esclaves reproductrices. J'ignore si la leur est plus facile ou plus difficile. Tout ce que je sais, c'est que la sexualité était absente de ma vie avant la précédente rotation planétaire.

Avant Khrys.

Soudain, je ne déteste plus mon corps comme ça a toujours été le cas. En fait... je l'aime presque.

Le vaisseau plonge et tremble. Je me rends compte que

nous atterrissons. Je sors de la salle de bain et je me place derrière Khrys pour regarder par le hublot. Je plaque mon visage contre le verre. Il est si épais qu'on ne ressent pas l'augmentation de température extérieure. Le matériau me procure la même chaleur que l'air qui m'entoure.

— Il fait noir.

Il hoche la tête.

— On est dans un champ inhabité, camouflé. On est en sécurité. Les premières lumières vont bientôt poindre. Tu sauras reconnaître les fleurs ?

— Oui. Du moins je l'espère.

— Alors tu vas venir avec moi. Il se pourrait qu'on ne soit pas trop de deux pour les trouver. Tu devrais te préparer et manger quelque chose, d'abord.

— Oh ! D'accord.

Mon ventre gargouille et je jette un regard vers le banc – ma caisse est toujours là. Je me précipite pour la toucher. Je n'ai jamais eu d'enfants, mais j'imagine qu'une mère a sûrement ce sentiment, elle ne veut pas les quitter des yeux.

— Il fait froid et il se peut qu'il pleuve. Tu vas avoir besoin d'une veste.

Il me tend un vêtement raffiné avec une capuche.

— Ça convient pour tous les temps, précise-t-il. Souviens-toi que l'air est moins dense que sur ton ancienne planète, alors il est possible que tu sois un peu à bout de souffle, au début.

— Mes poumons sont plus puissants que ceux des humains normaux.

Il hoche la tête.

— Je sais.

De la fébrilité commence à grandir en moi. Dangereux ou pas, cela reste une aventure – ma toute première.

— Je vais pouvoir marcher sans mes maîtres kraas.

Ma voix doit contenir une excitation extrême.

— Quoi ?

Il se détourne de la console où il lisait des documents holographiques. Je secoue la tête.

— Je n'ai jamais pu me déplacer librement sur la planète. Je passais la majeure partie de mon temps dans un laboratoire ou parfois dans une petite cour extérieure circonscrite avec les autres humaines pour faire un peu d'exercice.

— Mais c'est derrière moi, maintenant, ajouté-je devant son air peiné.

— Oui.

Il détourne les yeux.

— On doit être prudents, précise-t-il. Seke a envoyé – ah, j'ai regardé toutes les informations que j'ai pu trouver sur Dentron !

Il s'éclaircit la gorge.

— Comme tu l'as mentionné, les indigènes ne sont pas techniquement avancés – ils sont féroces et tuent les étrangers à vue. Ils utilisent des flèches empoisonnées qui peuvent parcourir presque un kilomètre. Mais j'ai remarqué un champ loin de leurs habitations répertoriées. Avec de la chance, on y dénichera les fleurs.

— D'accord.

Je suis sur le point de demander qui ou ce qu'est un Seke, quand de pâles rayons commencent à traverser le ciel de la planète, des traces céruléennes et roses sur le noir d'encre. Sans prévenir, plusieurs étoiles irradient, comme si elles venaient d'être allumées par un géant invisible.

— Oh ! m'écrié-je de surprise. C'est magnifique ! Je n'ai jamais rien vu de pareil.

— Tu vas adorer Zandia.

Un sourire éclaire son visage et il semble se concentrer sur quelque chose de très lointain.

— Nous avons de superbes couchers de soleil, ajoute-t-il. Et une chute d'eau avec une grotte de cristal. Quand les lumières scintillent, c'est...

Il secoue la tête, comme à court de mots.

— Les cristaux sont puissants et guérissent – du moins pour mon espèce. Mais je crois que certains humains le pensent aussi.

— J'aimerais voir une chute.

— Tu le pourras.

— On peut s'y rendre comme ça ? On a besoin d'une permission ? J'essaie de comprendre.

— Elle est ouverte à tous les Zandians.

— Je pourrais y aller avec toi ? Tu pourras m'y accompagner à notre arrivée ? J'adorerais la contempler.

Son sourire sombre.

— Je t'y emmènerai aussi vite que je le peux. Pour l'instant, concentrons-nous sur la mission.

Il se lève et récupère quelque chose dans un placard. Il déballe un paquet.

Mes sens sont tous en alerte quand je sens la forte odeur de l'alcool médicinal, le mélange raffiné qui est utilisé pour s'assurer que les kits d'injection pour les humains sont sans germes. Avant de réaliser ce que je fais, j'émets un grognement sourd et je suis en position de combat, le cœur battant la chamade.

— Tu fais quoi ? Tu as quoi dans les mains ?

Ma voix est féroce alors même que l'adrénaline me rend malade d'anxiété.

La chose, longue et mince, luit dans la lumière. Je recule.

— Par les étoiles, Kailani !

Il me regarde avec inquiétude. Je remarque qu'il est aussi en alerte que moi, prêt à parer ou à attaquer.

— C'est une injection pour toi. Pour te protéger contre les infections bactériennes que tu pourrais contracter sur la planète. Ils ont une sorte d'insecte qui transporte une...

Il s'interrompt quand je me mets en hyperventilation.

— Non.

Je secoue la tête vigoureusement. J'ai peut-être été améliorée, mais ma capacité à ressentir la peur semble décuplée. La dernière aiguille qui a glissé sous ma peau était destinée à me préparer pour un protocole qui ressurgit dans mes cauchemars. Ma respiration s'accélère encore.

— *Bordix !*

Il pose la seringue. Le cliquetis que cela produit sur la surface de la console me fait frissonner avec une horreur grandissante quand les souvenirs des Kraas me reviennent tout en couleur. Un étrange staccato résonne dans le vaisseau. Je me rends compte que c'est moi... hoquetant. Je m'assois et referme mes bras autour de moi, ma poitrine se soulève.

Khrys apparaît devant moi. Il m'attire contre lui.

— Kailani ! Doucement, petite guerrière.

Il vérifie mon pouls, touche mon cou, mon visage.

— Tu vas bien. Tu n'as rien à craindre.

Je n'arrive pas à arrêter le tremblement de mes membres.

— Non, le contredis-je.

— Parle-moi. Qu'est-ce qui te dérange ?

Je prends une bouffée d'air. Le monde est rempli d'électricité statique. Ses mains chaudes sur moi me stabilisent et je reviens à la réalité. Je frissonne toujours et m'appuie contre lui, essayant d'oublier la moindre image dans mon esprit.

Après quelques secondes, je me force à respirer lentement.

— Je vais bien, maintenant. Je ne veux pas en parler.

Même si la sensation de son corps me donne des forces, je me redresse.

— On ne peut pas aller chercher ces fleurs avant que tu acceptes l'injection.

Sa voix est douce, mais ferme.

— Je t'ai perdue un moment. Je dois savoir ce qu'il s'est passé.

Ses bras autour de moi sont apaisants pendant que j'essaie de comprendre mes émotions. J'ai besoin de ce pollen ; alors je dois céder à sa requête. Si je pense à tout ça sans passion, je pourrai le lui dire.

— Toutes les injections que j'ai reçues avaient pour but de me paralyser les membres.

Je ne le regarde pas en face. Je préfère contempler le scintillement de couleurs de l'autre côté du hublot.

— Les Kraas faisaient régulièrement leurs opérations d'améliorations sur moi pendant que j'étais immobilisée, mais pas endormie. Peu leur importait que je ressente de la douleur parce qu'ils avaient besoin que je sois alerte pour vérifier l'activité de mon cerveau et s'assurer du succès du protocole. Si j'avais été une bonne esclave peu de temps avant, il leur arrivait d'ajouter un anesthésiant, mais jamais beaucoup.

Je me mords la lèvre.

— Quand j'ai vu l'aiguille, j'ai eu l'impression d'être à nouveau là-bas. Mon esprit était conscient que c'était différent, mais pas mon corps.

Ma voix se brise. La panique grandit encore une fois, alors je prends une profonde inspiration, puis une seconde.

— Je ne le savais pas, dit-il en laissant transparaître sa douleur. Je suis désolé.

Je désigne l'autre côté de la pièce.

— Je suis assez forte. Je peux résister à tous les virus humains, de toute façon. Je n'en ai pas besoin.

Je cligne des yeux.

— S'il te plaît, retire-la de ma vue. J'irai bien sur la planète. C'était un moment de panique passager. C'est tout.

Il soupire.

— Kailani. Les bactéries sur cette planète sont différentes d'un virus. Elles peuvent te rendre réellement malade. Je suis immunisé, mais si je la rapporte, je pourrais te tuer.

Chapitre Six

K *hrys*

Bordix ! Cette complication, inattendue et intense, pourrait nous empêcher de récupérer notre stock de fleurs avant de retourner sur Zandia. Ce petit détour – qui pourrait prendre plus qu'une rotation planétaire – nous fait perdre un temps précieux pendant lequel l'état de santé des métis de Zandia s'aggrave. Nous n'avons simplement pas le luxe de pouvoir nous éterniser pour qu'elle maîtrise sa panique.

Mais au-delà de ça, la voir dans une telle détresse m'affecte physiquement. Je comprends maintenant pourquoi on dit que les humains font ressortir des émotions chez notre espèce habituellement stoïque. Le besoin de la protéger de toute douleur me submerge.

Je m'assois sur le banc, l'attire sur mes genoux et la tourne pour qu'elle puisse me regarder dans les yeux.

— Tu es plus forte que tu ne le crois. Tu peux le faire.

Elle secoue la tête. Elle semble complètement abattue et tendue.

— Je... ne pense vraiment pas pouvoir.

Je lui touche la joue.

— Tu as survécu jusqu'ici. Je sais que tu peux supporter une injection de plus parce que tu es courageuse. Tu nous as aidés à nous échapper. Tu es brillante. Tu es persévérante et tenace.

Elle cligne des yeux et les écarquille.

— Waouh ! Tu penses réellement toutes ces choses ?

— Personne ne te l'a jamais dit ?

J'en veux à l'Univers d'avoir mis cette incroyable humaine dans une situation aussi horrible.

Elle fronce les sourcils.

— Je suis appréciée chez les Kraas pour mes fonctionnalités. Pas pour moi. Je suis un outil, à leurs yeux. C'est seulement un inconvénient que je sois dotée de réflexion et de sentiments.

Si je le pouvais, je tuerais tous les Kraas qui existent simplement pour lui permettre de tourner la page.

— J'en pensais chaque mot.

Je marque une pause et choisis mes prochaines paroles avec soin.

— Et si tu restais assise là, comme ça, et que je te faisais l'injection ? Tu pourrais me dire quand la faire. Ou la faire toi-même.

Elle frissonne, mais ne dit pas non. Elle regarde à nouveau par la fenêtre. Je sais à quoi elle pense.

— Le temps va changer. Si nous ne récoltons pas les fleurs bientôt, la pluie va tomber et gâcher tout le pollen de cette saison. Notre marge de manœuvre est minuscule.

Elle soupire et se tourne vers moi.

— Bon, d'accord. Tu vas la faire.

— Comme tu veux.

Je récupère le dispositif sur la console.

Son corps se fige complètement quand je la reprends dans mes bras.

— Je ne peux pas regarder.

Elle s'éclaircit la gorge et pose son repas sur le sol lisse de la cabine.

— Je la prépare maintenant. Tu vas distinguer un bruit et l'odeur de l'alcool, mais elle ne touchera pas ta peau avant que tu me dises *oui*.

Je retire le capuchon de protection et elle tressaille fort, si fort que son corps percute le mien avec force.

Je la stabilise.

— Ça ne fera pas mal – même pour une humaine. Quand je reçois mes injections, je sens une brève piqûre et une sensation de froid lorsque le médicament pénètre dans les tissus. Ça ne dure qu'une microseconde.

— Très bien.

Elle acquiesce et ferme les yeux bien fort. Elle prend une grande inspiration.

— Fais-le.

En un éclair, j'appuie le cylindre lisse sur son bras et presse le piston. On entend un petit clic et c'est terminé.

Elle reste si immobile que j'ignore si elle est évanouie ou consciente.

— C'est tout ? demande-t-elle enfin.

Je repose le dispositif vide derrière moi.

— C'est fini.

— C'est tout ? répète-t-elle.

Elle soulève ses paupières. Je lui touche le bras.

— Ça n'a pas fait mal, s'étonne-t-elle.

Elle me regarde et ses yeux se remplissent de larmes.

— Tu n'as pas menti.

Elle déglutit.

— Je vais bien. Il n'y a pas d'opération, ajoute-t-elle.

Soudain, elle éclate en pleurs, ses épaules s'alourdissent sous des sanglots si profonds et longs que je la serre à nouveau contre moi.

— Je n'arrive pas à croire que je ne suis pas dans une cellule, renifle-t-elle entre les secousses qui assaillent son corps. La propriété des Kraas. C'est ce que j'ai toujours désiré et maintenant que je m'en suis sortie...

Elle se blottit contre moi, c'est comme si elle essayait de fusionner avec ma peau.

— Je ne sais pas comment faire. Comment vivre dans ce nouvel environnement.

Je lui caresse les cheveux.

— Tu vas trouver. Tu n'as pas à le faire toute seule.

— Je ne peux pas retourner en captivité pour qu'ils refassent des expériences sur moi quand ils le veulent. Je ne peux tout simplement pas. La possibilité que je puisse... C'est presque pire que d'être libre. C'est tellement terrifiant !

— Tu es en sécurité maintenant.

Je l'enlace jusqu'à ce que ses larmes se tarissent.

Les soleils sont plus hauts dans le ciel, les doubles rayons fusent dans des directions opposées et projettent des ombres complexes de nos corps.

Elle lève les yeux vers moi et les essuie de sa main. Ils affichent de la paix et une nouvelle détermination. Elle a repris le dessus.

— Je suis prête. Dis-moi ce que je dois faire.

Kailani

. . .

— Reste à cinq mètres derrière moi, murmure-t-il. Marche dans mes pas.

— Compris.

Je suis beaucoup plus petite que lui, mais grâce à mes muscles améliorés, mes enjambées sont assez grandes pour sauter dans tous les espaces où il a écrasé les hautes herbes craquantes sous ses larges bottes.

— Ta respiration, ça va ?

Il continue au même rythme alors que le ciel se couvre de différentes teintes, du rouge se mêle au bleu et au rose. Une couche nuageuse s'installe, du genre à exploser d'humidité. Pour l'instant, le temps reste sec, ce qui est une excellente nouvelle. On pourra récupérer les fleurs tant qu'elles sont toujours intactes.

— Bien. Oui.

Ça m'a pris quelques bonnes respirations, mais mes poumons performants se sont ajustés plus rapidement que ceux du Zandian.

— Je vais très bien.

L'air frais sur mes joues m'exalte. Même l'éventualité de rencontrer les dangereux indigènes ne peut atténuer ma joie sans bornes de simplement marcher sans maître esclavagiste kraa surveillant mes moindres gestes. Sans oublier que j'ai réussi à accepter cette injection avec son aide. Ça me donne l'impression d'être invincible. J'y suis parvenue alors que c'est l'un de mes pires cauchemars – et j'ai survécu.

— J'ai téléchargé une carte agricole du territoire sur mon holo. On va continuer sur deux kilomètres vers le sud-est et on devrait arriver dans un champ où il est possible de trouver les fleurs.

Il se tourne pour me regarder.

— Comment tu as eu une telle carte ?

Je saute par-dessus une parcelle de pelouse marécageuse remontant entre d'épaisses racines grises.

— Les Zandians ont des informations sur de
nombreuses planètes dans les galaxies.

Ses épaules semblent raides. J'ai l'impression que sa
voix est différente, comme s'il me cachait quelque chose.
Soudain, j'entends un bruit. D'instinct, je lui attrape la
manche.

— Des pas sur la gauche. Baisse-toi.

Je plonge immédiatement et me niche dans l'herbe. Il
est à mes côtés en un éclair, la tête à quelques centimètres
de la mienne. Ce n'est pas le moment ni l'endroit, mais la
chaleur de son corps et la proximité de ses lèvres me
rappellent ce que nous avons fait sur le vaisseau, quand il
m'a donné la fessée et m'a procuré du plaisir.

— Tu l'as entendu avant moi. Bien joué.

Sa voix contient des trémolos admiratifs.

— Chirurgie cochléaire quand j'avais huit cycles
solaires. Je ne peux pas dire si c'est conscient ou animal.

Je réprime ma fierté devant ses louanges. Je n'ai pas
ressenti la même horreur que d'habitude en parlant de
l'opération – j'ignore si c'est sa présence ou ma victoire sur
moi-même quand j'ai réussi à accepter le vaccin, mais je
contrôle mieux mes émotions.

Il incline la tête.

— Je crois qu'ils ont quatre jambes. Je vais vérifier. Reste
cachée.

Il laisse planer sa paume sur mon dos et avance en s'accroupissant, si agilement que je hausse les sourcils. Il jette
un œil par-dessus les herbes hautes.

— C'est une sorte d'antlex, une harde de dix.

Il examine l'horizon dans toutes les directions.

— Il y en a quelques autres autour de nous. Ils devraient être inoffensifs – des herbivores. Calmes.

Il se lève et me tend la main.

— Merci.

Je souris et regarde autour de nous.

— Je n'ai jamais vu d'animal sauvage auparavant, ajouté-je.

Les bêtes dans les pâturages sont striées de brun et de blanc, des couleurs qui se fondent dans le paysage. Leurs cornes sont incroyablement recourbées, en tire-bouchon, et elles brillent comme de l'ambre sous la lumière. Je les trouve spectaculaires.

— On est en sécurité.

— Il semblerait, dit-il en fronçant les sourcils.

Il inspecte encore les environs et cligne des yeux.

— Je ne vois rien d'autre.

Il hésite, comme si quelque chose le dérangeait. Il examine le ciel, où se trouvaient des stries roses et orangées qui sont maintenant obscurcies par d'épais nuages gris, longs comme des couvertures.

— Continuons avant que le temps change.

Il recommence à avancer vite, presque au pas de course, et malgré mes jambes plus courtes, je le suis sans effort, grâce à des années d'amélioration de ma fibre musculaire avec des substances chimiques.

Au bout d'une minute, nous approchons d'une parcelle où se trouve un bosquet, presque en coupe-vent, et au-delà, un vaste champ de fleurs. Quelques-unes d'entre elles, plus petites, mais pas moins belles, poussent entre les arbres. Elles sont toutes bleues, mais mes yeux se rivent sur celles dont je me souviens : celles qu'il me faut – je les reconnais.

Je retiens mon souffle.

— Elles sont vraiment là. On peut les récolter.

Ma voix craque. Le soulagement que je ressens est presque insoutenable. Je m'accroupis et tends la main vers la plus proche. Grâce à elles, je peux survivre sans les Kraas. Les pétales sont doux et élastiques. Mes doigts glissent délicatement sur la tige.

— Je peux les prendre. Regarde, Khrys. Vois comme celle-ci a un éclat subtil, lui indiqué-je en la touchant légèrement. C'est celle-là.

Je pointe celle d'à côté.

— Celle-ci est un peu plus sombre. Elle n'a pas le bon pollen.

Il l'examine attentivement, il se penche pour l'inspecter aussi.

— Compris.

Je respire la fleur.

— C'est comme la vie incarnée.

Je ferme les yeux un instant.

— Ne baisse pas ta garde maintenant, m'avertit mon acolyte.

Il s'est redressé et sa posture est celle d'un guerrier, scrutant les alentours.

— Fais vite. Cet endroit me donne un mauvais pressentiment.

— Nous sommes seuls, si on excepte les antlex. Non ?

Le paysage est beau et désert, même avec le ciel qui s'assombrit. Il n'y a que nous, quelques animaux éloignés et les champs vallonnés, par milliers, à perte de vue. Une harde se trouve aussi à proximité. L'odeur musquée nous parvient avec la brise, se mélangeant au parfum frais des pâturages.

— Pourquoi tu as un mauvais pressentiment ?

C'est un guerrier, après tout. Je devrais prendre en

compte son intuition. Je me lève et vérifie les alentours, mais je ne remarque ni n'entends quoi que ce soit d'anormal.

— Ça semble trop facile, affirme-t-il en baissant la voix.

— Je ne suis pas habituée aux situations simples. Mais les seules créatures dans les environs sont des bêtes.

Il secoue la tête.

— Regarde autour de toi pendant que tu travailles.

Je fais glisser le sac de toile de mon épaule, enfile les gants et sors les cisailles. En les tenant dans ma main gantée, je me penche.

— Amasses-en autant que tu le peux, l'incité-je, mais il s'affaire déjà et sa besace est à moitié pleine.

Les tiges sont épaisses, comme du roseau, mais les lames affûtées les coupent comme de l'eau. Les fleurs bleu pâle sont lourdes de leur dense pollen jaune. Sur les plantes les plus mûres, les têtes pendent, lestées par leur trésor doré.

— Il y en a tellement ! murmuré-je en les cueillant les unes après les autres pour les entasser dans mon sac.

Sur un caprice, j'en goûte une, en me demandant si une dose supplémentaire me permettrait d'éloigner les migraines plus longtemps. Sa saveur est neutre, mais étrangement attirante, alors j'en consomme plus. Puis je mets des fleurs dans les poches de ma veste, juste au cas où. Je nourris le besoin urgent de les avoir sur moi en tout temps.

— Sur Zandia, on a des experts en agriculture qui pourront comprendre comment les faire pousser, explique Khrys en me regardant. Des humains, Kailani.

Il en déracine quelques plants et les glisse dans des sacs d'entreposage avec un support pour ne pas les abîmer.

— Des esclaves ?

— Non. Les humains doivent avoir un tuteur zandian – un maître, si tu veux – et ils doivent contribuer à la société, mais ils sont libres. Je te l'ai dit.

— Libres, mais avec un maître.

— Oui. Habituellement, un compagnon.

Un compagnon. Je lui lance un regard, de la chaleur tourbillonne soudainement entre mes jambes.

Sera-t-il le mien ? Mon parrain ?

Mon... maître ? Je détestais ce mot avant, mais en me souvenant de la façon dont il m'a corrigée sur le vaisseau, il se pourrait que ça ne soit pas désagréable d'être sous sa domination.

J'examine ses mains incroyablement larges. La manière dont ses cornes se penchent dans ma direction lorsqu'il pose les yeux sur moi. Ses narines se dilatent quand mon parfum lui parvient. Je rougis, je réalise soudainement l'odeur qu'il hume.

Mon excitation. Je mouille pour lui. Quelles seraient les sensations si je m'accouplais avec un mâle comme lui ? Je n'ai jamais songé à une telle chose sans frissonner, mais maintenant, je me découvre assez intéressée.

Je secoue la tête. *Concentre-toi, Kailani.* On a du pollen à récolter.

Mes mains sont floues quand je rassemble autant de fleurs que possible, les amassant dans mon sac de sorte qu'il est plein à ras bord et que je dois écraser mon butin pour remonter la fermeture-éclair hermétique. Puis je commence à remplir le second.

— Je récupère les graines sèches, aussi.

Il cueille des plants fanés et les secoue dans un autre contenant.

Le ciel gronde. Une brume soudaine descend sur la vallée, un brouillard épars, plus épais dans certaines zones, virevoltant comme de la fumée.

— *Bordix*, la météo est étrange ! On va devoir partir bientôt. Finissons-en.

La voix de Khrys est tendue.

Je lève les yeux. Les nuages ont noirci et semblent plus bas. L'air est-il plus dense ?

— Je pense qu'il va y avoir de l'orage, murmuré-je.

La pression atmosphérique change rapidement. Je le sens dans mon corps. Je me touche les oreilles et la poitrine.

Khrys acquiesce. Il dit quelque chose, mais c'est enseveli sous un fracas plus fort venant du ciel, tel un énorme rocher dévalant une chute de métal. Les antlex se tendent ; l'un d'entre eux relève la queue, un autre devient silencieux, la tête sur le côté. Sans prévenir, je sens le malaise que mon partenaire semblait éprouver, mais je ne peux dire pourquoi...

Soudain, les cornes du Zandian se redressent.

— Kailani ! crie-t-il d'un ton tranchant. Couche-toi. *Maintenant !*

Il me saisit et tire fort sur mon bras. Je m'accroupis à côté de lui sur la terre battue, écrasant les fleurs sous mon corps. Quelque chose vrombit au-dessus de ma tête. La tige du bourgeon à côté de moi est coupée d'un coup. Par une flèche.

— Nous ne sommes pas seuls. Les indigènes nous ont trouvés.

Ma respiration s'accélère et mes joues se pressent contre le sol et les détritus rugueux de la végétation, sèche et rêche. L'odeur des feuilles, des fleurs écrasées, de la verdure et des bois s'élève.

— Ils sont où ?

— Devant nous. Et derrière. Ils nous ont encerclés. *Bordix !* Ils ont dû se servir des hardes d'antlex comme couverture.

— Et maintenant qu'ils ont attaqué, les animaux ont peur.

Je tends la main et la pose sur ma réserve.

— On doit s'enfuir.

— Tiens.

Khrys saisit quelque chose à sa taille et me le glisse.

— C'est une arme laser. Je l'ai réglée sur paralyseur, explique-t-il. Utilise-la quand tu en auras besoin.

Il n'hésite même pas. Il me donne un véritable moyen de me défendre – une arme que je pourrais retourner contre lui pour le tuer. Sa confiance me remplit d'une telle gratitude et me touche tant que pendant une seconde, je ne peux pas me concentrer sur le danger.

Il en a une aussi, et il ajuste quelque chose sur la poignée.

— On va devoir se battre pour s'en sortir.

Je me mords la lèvre, oubliant mon surplus d'émotion – tout ce qui compte maintenant, c'est notre évasion.

— Quand ?

— Bientôt. Attends mes ordres.

Il parle d'un ton dur. Je parcours la zone du regard, mais n'aperçois personne.

— Où ?

Je n'arrive pas à croire que malgré mes capacités augmentées, je ne parviens pas à les repérer. Le brouillard me joue des tours, il me montre des silhouettes là où il n'y en a pas, cachant les vrais individus.

— Je ne vois rien. Pourquoi je ne les vois pas ? Avec mes yeux modifiés, je devrais.

Mon corps commence à trembler de peur et de frustration.

— Ils ont des tenues de camouflage, m'informe-t-il en semblant dégoûté de lui-même. J'aurais dû le remarquer. Pointe l'arme sur le torse d'un d'entre eux et appuie sur la détente. Ne tressaille pas. Le viseur laser l'indiquera quand il sera verrouillé.

— Je ne peux toujours pas...

L'herbe autour de moi se met en mouvement. La parcelle de fleurs la plus près se soulève et ondule vers moi, avec des bras, des jambes et un visage. Je crie. Je n'arrive pas à comprendre ce que je perçois et avant que je saisisse qu'il s'agit d'un être dans un costume constitué de feuillage, un projectile se dirige droit sur moi.

— Bouge !

Khrys m'attrape et me tire d'un coup. Je ressens une explosion de douleur après avoir été tractée aussi violemment, mais la flèche passe à côté de moi sans me faire de mal, mais si près de mon oreille que je sens l'effleurement de la plume à sa base.

— Utilise ton arme, Kailani. Tout de suite !

Je la soulève. Je me force à me concentrer et je me mets dans cet état d'esprit d'attaque qui m'a si bien aidée à la vente aux enchères. Quand le monde ralentit au point de ramper, je sais que j'ai touché le bon point. Un indigène surgit de la brume et lève son arc à son épaule ; mon arme est prête en premier. Je tire, il tombe à terre. Puis j'en vise un autre.

Derrière moi, Khrys rugit de manière terrifiante et fait feu rapidement. Il en paralyse cinq environ.

— Ils sont si nombreux ! lance-t-il. Au moins quarante. Notre seule option est de les effrayer pour qu'ils battent en retraite.

Pour l'instant, les indigènes ne faiblissent pas. Une flopée de projectiles tombent, chantant dans les airs, avec des cris enjôleurs. Je me penche et me retourne, j'utilise ma vision augmentée pour prédire où ils sont et quand ils me frapperont, pour éviter l'attaque de justesse.

— Ne touche pas les pointes des flèches au sol, ordonne Khrys. J'ignore quelle quantité de toxine pourrait nous être fatale.

Il tire encore. Des cris et des hurlements proviennent des autochtones quand un corps tombe durement.

Lorsqu'il fait à nouveau usage de son arme, l'humeur des assaillants change. Ils rugissent comme un seul homme, leurs voix fusionnent en une symphonie, gonflant tel le tonnerre dans le ciel. Puis ils déferlent sur nous, les flèches s'abattent. On dirait de la grêle.

— Laisse le sac et cours, ordonne Khrys en attrapant ma main libre.

Mon cœur se déchire en deux en entendant son injonction, mais je me sauve déjà avec lui, aussi rapidement qu'on le peut, même plus qu'on l'a fait à la vente aux enchères... dans la direction opposée à notre vaisseau.

Le paysage file, les champs de fleurs s'éloignent. On va si vite que les flèches s'arrêtent, je peux seulement présumer que les autochtones sont consacrent à courir pour le moment, pas à tirer sur des cibles mouvantes cachées par la brume. Mais le bruit des pas ne s'atténue pas.

— Ils gagnent du terrain, dis-je, haletante.

La panique nous éperonne et nous donne un regain d'énergie.

Mais comme à la vente aux enchères, je ne peux utiliser mes capacités que sur une courte durée. Je commence à sentir le désespoir naître quand quelque chose de nouveau surgit dans le brouillard – des collines escarpées avec des arbres tordus.

— Enfin ! s'exclame Khrys d'une voix rauque en m'attirant derrière le tronc le plus près.

Nous sommes haletants et je peux à peine respirer.

— Quand ils se rapprocheront, on attaquera. Nos armes

sont plus fatales. Tout ce dont nous avons besoin, c'est d'une couverture, et on pourra tous les avoir.

Étourdie par la fatigue, je m'effondre. Accroupie, je prends ma tête entre mes mains, j'essaie de contrôler mon souffle.

— Compris.

— Ils se déploient. Mais nous avons une position en hauteur. Sur mon ordre, tu attaques à ta droite. Je m'occupe de la gauche.

— D'accord, haleté-je.

Je me lève et prépare mon arme. À proximité, des silhouettes vacillent et se mettent en formation.

Mais soudain, tout change. Dans un fracas particulièrement fort, les nuages s'ouvrent et une pluie glacée nous tombe dessus. Les êtres devant nous brisent immédiatement les rangs, ils se regardent les uns les autres, puis à mon grand soulagement, et mon émerveillement, ils se retournent.

— Ils battent en retraite ! s'écrie Khrys avec exubérance. Ils partent dans la direction opposée.

En effet, tout le groupe s'enfuit en rebroussant chemin. Au loin, une harde d'antlex crie, se cabre et galope vers la gauche, elle disparaît en passant la crête.

— Khrys ? Pourquoi fuient-ils pour une petite pluie ? Même les animaux ?

Je cligne les yeux sous les gouttes, réprimant la pression qui s'accumule. Je m'essuie les sourcils et frissonne – le liquide est si froid, comme de la glace.

— Je ne sais pas, répond-il d'une voix tendue. Peut-être qu'elle annonce quelque chose de pire. Je suggère qu'on trouve un abri.

Pendant ces quelques mots, la pluie s'intensifie – maintenant, les gouttes ont la taille de globes oculaires. Les vêtements de protection me gardent assez au sec, mais je sens la puissance des éléments à travers le tissu, et la grande quantité d'eau m'aveugle.

— Par ici.

Je désigne un endroit devant nous.

— Plus haut, ce sont des rochers. On trouvera peut-être une caverne.

On se rue en haut de la colline, l'ascension nous semble durer une éternité, alors que la visibilité s'amenuise.

— Plus vite ! me presse Khrys.

Je suis toujours à bout de souffle après notre fuite, et mon énergie faiblit. Tout ce que je peux faire, c'est me hisser sur la nouvelle partie de la pente en attrapant une grande pierre et je tire, chaque centimètre est plus difficile que le précédent.

— Tu peux y arriver.

Khrys me prend la main pour m'aider.

Puis de la grêle commence à tomber. Au départ, les cristaux individuels sont menus et fins comme du papier. En quelques secondes, ils deviennent plus gros que les ongles de mes auriculaires, chacun est un petit éclat de glace aussi aiguisé que des griffes.

L'un d'eux, particulièrement dur, fait un trou dans ma veste et m'écorche la peau du bras. Le sang rouge libéré tourne immédiatement au rose avec la dilution et coule sur le sol.

— Nos vêtements ne résistent pas ! On doit se mettre en sécurité !

Je crie de surprise.

— *Bordix*, cette tempête va nous tuer ! marmonne Khrys. Je n'ai jamais vu de grêle comme ça.

Il m'attire contre lui et me protège la tête de ses membres, en examinant les alentours.

— Viens, je crois apercevoir une caverne.

Il continue à m'abriter sous son bras et me guide plus haut sur la pente. Il a raison – après quelques moments pénibles, on se niche dans une cavité dans les rochers. Elle s'enfonce profondément dans la falaise et une épaisse pierre surplombe l'entrée.

— Au fond, là, à l'abri du vent.

Il m'attire plus loin dans la grotte, vers la terre sèche, hors de portée du cauchemar tourbillonnant à l'extérieur.

— Ouf !

Je m'effondre sur le sol, la respiration haletante. La caverne sent l'humus, mais rien d'autre. Heureusement, nous sommes les seuls êtres à l'utiliser pour nous abriter.

— Nous sommes à l'abri des grêlons, indique Khrys.

Ils font maintenant la taille de mon poing avec de vilaines pointes. Ils se fracassent par terre et éclatent en fragments de glace, s'enfonçant parfois d'un centimètre ou deux avant de se briser.

— Par les étoiles, cette tempête est plus puissante que la plupart des armes !

Khrys se tourne vers moi.

— Tu es blessée ? s'enquit-il. Enlève ta veste que je regarde.

Il m'aide à la retirer.

— Ta tunique aussi. Tu es trempée.

Les circonstances m'évitent de ressentir la moindre gêne ; tout ce que je veux, c'est être en sécurité. Toutefois, me retrouver à moitié nue devant lui fait apparaître des images dans ma tête. Mes mamelons pointent sous l'air frais et je rougis.

Khrys saisit mon bras. Maintenant que nous ne sommes plus sous le déluge, le sang est plus évident.

— On doit bander ça.

— Ce n'est qu'une égratignure. Je ne ressens aucune douleur.

J'examine la plaie avec curiosité, puis je lève les yeux vers lui.

— Et toi ? Tu vas bien ?

— Oui, répond-il d'une voix rauque.

Je pense qu'il fixe mes mamelons, mais il détourne le regard ensuite.

— Ma peau est plus épaisse que la tienne. La grêle ne m'a pas blessé.

Il retire son sac de son épaule.

— J'ai quelques fournitures pour les urgences.

Il sort un tissu qu'il enveloppe autour de ma coupure.

— Voilà. Elle devrait se refermer.

— Merci.

Je cligne des yeux en examinant le bandage blanc tout en essayant de comprendre les évènements. *Tout* ce qui est arrivé depuis que les Kraas m'ont emmenée à la vente aux enchères.

Le tonnerre rugit et craque. Le sol vibre sous le bruit et se réverbère dans mon corps à faire trembler mon crâne.

— La tempête est si violente !

Au bas de la colline, les herbes sèches se transforment en rivière torrentielle quand la pluie se rassemble dans les canaux et passe sur les rochers, dégringolant sans effort. La grêle brille comme des décorations en verre, tombant par milliers.

— Elle pourrait nous tuer plus rapidement que les flèches.

Je frissonne sous une panique soudaine, maintenant que je suis au calme et que je ressens ma fatigue. Et le froid. Je réalise que les températures ont chuté.

— Nous sommes assez haut, on devrait rester au-dessus du niveau de l'eau. Je l'espère, du moins, ajoute-t-il.

Il retire son manteau et cherche à nouveau dans son sac pour déplier une couverture chauffante argentée.

— Enlève tes vêtements. Tous.

Il me regarde dans la pénombre de la caverne, où le tissu reflète le peu de lumière provenant de la sombre étendue sauvage à l'extérieur.

— On doit les faire sécher, explique-t-il. Vous, les humains, êtes sujets à l'hypothermie.

— Je...

C'est peut-être le choc de cette situation, mais je ne bouge pas

Il lâche la couverture et s'approche de moi.

— Ton pantalon est trempé. Il va t'empêcher de te réchauffer.

Il saisit le matériau résistant et le retire de mes hanches mouillées. Le tissu colle, et quand il insère ses fortes mains entre mes cuisses pour le forcer à descendre, ses jointures frottent contre ma culotte.

Je prends une inspiration.

— Oh !

Il lève les yeux vers moi et ses iris flamboient. Ses cornes se raidissent. Pendant une seconde, je pense qu'il va recommencer, mais il détourne le regard et tire mes vêtements vers le bas. Il s'arrête seulement quand il atteint le haut de mes bottes.

Il rit.

— Les bottes. Je les ai oubliées.

Il me prend dans ses bras et me dépose soudain sur un rocher plat qui est à la hauteur de son torse.

— Reste assise là un instant, petite guerrière.

Il les retire et les place sur le côté – ensuite, le pantalon glisse facilement le long de mes chevilles.

— Utilise ça en attendant que je fasse un feu.

Il enveloppe mes épaules dans la couverture chauffante et me borde. Ses mains s'attardent un moment pendant qu'il l'arrange autour de moi et il effleure doucement ma cuisse du bout des doigts.

Je me sens déjà mieux – il avait raison pour les vêtements mouillés qui me donnaient froid. Je serre fermement le tissu autour de mon torse en croisant les poings.

— J'ai quelques tubes de nutrition pour toi. Commence avec ça, on verra si tu as besoin de plus.

Il m'en tend un plein de gel que j'avale goulûment.

— Tu n'en veux pas ?

Je ne me souviens pas qu'il ait ingurgité quoi que ce soit depuis que nous sommes ensemble.

Les Zandians ont besoin de l'énergie cristalline de Zandia pour survivre. Ils mangent seulement une fois toutes les dix rotations planétaires.

Je secoue la tête devant le second tube.

— Ça va pour l'instant. Merci.

Il me touche à travers la couverture, ses doigts s'attardent un peu.

— D'accord.

Il croise mon regard et sourit.

Une vague de chaleur commence à remonter à partir du point de contact de ses mains sur moi vers mon sexe. Sa paume est sur ma cuisse, possessive.

— Khrys ?

Ma voix est rauque. Je remue les jambes.

Il fait un pas en arrière.

— Je vais étendre ta tenue sur ces rochers au fond de la

caverne, dit-il en emportant dans l'obscurité les vêtements trempés.

— J'ai trouvé des branches sèches ici que je peux utiliser pour faire un feu, mentionne-t-il. Ça aidera.

Je suis heureuse de l'entendre, mais mes yeux s'adaptent rapidement. Quand je le vois commencer à se déshabiller, mon cœur bat un peu plus vite. Ce Zandian a un corps magnifique, et je ne peux nier l'effet qu'il a sur moi, même en ces circonstances.

Quand il revient avec de gros morceaux de bois perdant des bouts d'écorce et de la terre, il œuvre à toute vitesse : il utilise quelque chose qu'il tire de son sac à bandoulière et le feu s'embrase, pas trop loin de l'entrée de la caverne.

— Maintenant, on va pouvoir se réchauffer.

Il se pose devant moi, tous ses muscles ciselés illuminés par les flammes crépitantes. Il me soulève de mon rocher et nous installe ensemble à quelques mètres de la flambée.

— Viens. On doit éviter l'hypothermie.

Il m'attire sur ses cuisses et réarrange la couverture pour qu'elle nous recouvre tous les deux comme une tente.

À l'extérieur de la caverne, la tempête se renforce pendant qu'on se blottit l'un contre l'autre, nos corps se réchauffent peu à peu. La combinaison de la pluie et de la grêle est terrifiante, mais grâce aux étoiles, elles tombent en ligne droite.

— Si le vent soufflait ça à l'intérieur, j'ignore ce qu'il se passerait.

Je me niche dans les bras de Khrys, j'ai envie du réconfort qu'ils m'apportent.

Une brindille craque et produit une douche d'étincelles. La chaleur du feu et de son corps m'apaise.

— On a eu de la chance.

Il m'enlace.

Ses bras sont forts et musclés avec leur peau violette et lisse.

Et nue.

Complètement nue.

Je sens son sexe durcir dans le bas de mon dos, et le désir pressant entre mes cuisses grandit encore. Je pousse un petit gémissement de gorge et me serre un peu plus contre lui. Exprès.

— On a de la chance, non ?

Je fais courir ma main le long de sa jambe.

Mon cœur bat la chamade avec nervosité et excitation. Je suis si audacieuse, si effrontée ! Je ne devrais sûrement pas m'offrir comme ça. Tout ce que je sais, c'est que mon corps a envie de lui et que je n'ai pas la volonté de résister.

Il grogne et me mordille le cou.

— Ah, Kailani, tu me rends fou !

Sa voix est un faible ronronnement. Son érection durcit encore. Je suis certaine qu'il me désire aussi.

— Montre-moi à quel point, Khrys.

Je me retourne pour examiner son visage.

Il rit.

— Sois prudente dans ce que tu demandes, petite guerrière.

— Tu crois que je ne pourrais pas l'assumer.

Il lève un sourcil.

— C'est ce qu'on va voir. Tu veux le découvrir ?

J'en ai des papillons dans le ventre d'anticipation.

— Peut-être bien.

Je cligne des yeux avant de les fermer. Je peux toujours deviner les flammes qui grandissent et décroissent à travers mes paupières. Elles font écho au désir pulsant dans mes veines.

— Hmm.

Je crie de surprise et de ravissement quand il me prend dans ses bras et me manipule sans le moindre effort.

— Commençons par quelque chose comme ça, tu veux bien ?

Il me repose sur le rocher, le même qu'auparavant, et retire la couverture de mon corps. Je suis nue à l'exception du petit morceau de tissu cachant mon sexe. Je n'ai plus froid, mais mes mamelons durcissent sous son regard.

— Comme je suis négligent ! Je n'ai pas enlevé ta culotte. Elle doit sécher, elle aussi.

Ses yeux s'embrasent sous la lumière du feu quand il me soulève d'un bras et écarte le vêtement offensant pour l'envoyer rejoindre les autres. Je l'aide en relevant les fesses pour qu'il puisse le glisser le long de mes cuisses.

Quand il a franchi mes chevilles, il émet un son désapprobateur.

— Kailani, ta culotte bien plus trempée qu'elle le devrait avec la pluie.

Il la porte à son nez.

— Et elle a l'odeur de ton excitation, petite guerrière. Elle m'indique que tu as eu de très vilaines pensées.

Il fait tourner le sous-vêtement sur l'un de ses doigts forts et lève un sourcil.

— Dis-moi ce qui l'a rendue si incroyablement mouillée.

— Je...

Je rougis. Je suis trop timide pour lui raconter les fantasmes virevoltant dans ma tête.

— Trop gênée pour parler ?

Il prend mes cuisses, une dans chacune de ses mains puissantes, et les écarte lentement.

— Plus grand, Kailani. Oui, comme ça.

Il fait un pas en arrière et admire mon corps.

— Tu es magnifique. Regarde ce superbe sexe.

Son ton est presque émerveillé.

Je suis ravie, tout en étant aussi embarrassée sous son examen approfondi et je commence à refermer les jambes.

— Non, lance-t-il d'une voix tranchante.

Il recule et m'assène une petite claque sur l'un de mes seins – pas très fort, mais ça pique.

— Aïe ! m'écrié-je de surprise.

Ça ne fait pas mal, mais le picotement envoie une vague d'excitation de mon ventre vers mes mamelons.

— Garde-les ouvertes jusqu'à ce que je te dise le contraire, ordonne-t-il. Je dois aller mettre ce vêtement mouillé à sécher. Si tu bouges pendant mon absence, je vais devoir te donner une nouvelle fessée.

— Oui, maître, murmuré-je sans réfléchir.

Il se penche pour embrasser le téton qu'il a frappé avant de le mordiller.

— Bien.

Il part au fond de la caverne et suspend la culotte. Je me force à garder ma position, exactement comme il m'a laissée, tout mon corps désire son contact. Mon mamelon est humide après son baiser et j'en veux plus, tellement plus !

Je gémis et remue – et il est enfin de retour.

Son sexe est si dur que mes yeux ont dû s'écarquiller parce qu'il ricane.

— Voyons si on peut te faire parler, dit-il sur le ton de la conversation. Avant de passer à d'autres activités.

À ma grande surprise, il s'accroupit et m'avance pour que je sois à moitié assise sur le rocher, seul le haut de mes fesses reste en contact avec la pierre. Il pose mes jambes écartées sur ses puissantes épaules et me rapproche, il me tire vers sa bouche.

— Tu peux t'appuyer derrière toi, ordonne-t-il.

— Mais qu'est-ce...

Je m'arrête de parler et mes mots deviennent des gazouillis quand il niche sa tête entre mes cuisses et me suçote le clitoris.

— Par les étoiles, Khrys ! réussis-je à dire.

Les sensations ne ressemblent à rien d'autre au monde. Sa langue est douce comme du velours, mais forte. Agile. Elle passe sur mes lèvres inférieures, jouant et léchant ma peau comme si elle était délicieuse.

— Par les étoiles ! entonné-je.

Mes cuisses tremblent sous l'incroyable orgasme qui croît.

— Je vais...

— Non.

Il retire sa tête.

— Pas avant que je t'y autorise. Et je ne le ferai pas à moins que tu me dises ce qui est arrivé à cette culotte.

— Mais je ne peux pas... commencé-je.

Il sourit.

— J'espérais que tu serais difficile.

Il se lève et me reprend dans ses bras. Il s'assoit sur une pierre plate à côté de mon perchoir.

— Je vais t'administrer quelques claques pour te faire redescendre, dit-il.

Et il se lance. Tap. Tap. Tap. Bien fort sur mon derrière.

— Aïe !

Je pousse un cri perçant en battant des pieds.

— Calme-toi, dit-il en me redonnant une fessée. Tu vas apprendre à me dire ce que j'ai besoin de savoir, Kailani.

Mais sa voix a un ton joueur, sous son inflexible autorité. Je suis certaine qu'il aime ce qu'il me fait. Tout comme moi.

Chaque tape appuie mon sexe sur sa cuisse bien ferme et augmente le picotement en moi. Je me trémousse, j'essaie de me rajuster pour pouvoir sentir la pression exactement là où il faut.

— Tu es une vilaine, petite guerrière, lance-t-il quand il remarque ma manœuvre.

Il se recule un peu plus pour que je ne puisse plus me satisfaire contre son corps et il recommence.

Cette fois, sans la possibilité de me frotter contre sa jambe, les claques me donnent l'impression d'être plus fortes, plus vives.

— Oooh ! aïe ! protesté-je en oubliant un instant le désir grandissant en moi.

Il caresse doucement ma peau.

— Elles sont jolies et roses. Superbes.

Il me replace sur le rocher plus haut et écarte mes cuisses.

— Réessayons. Si tu ne me dis pas ce que je veux, on peut faire ça toute la journée.

Il pose ses lèvres sur mon corps et glisse sa langue dans ma fente. Je crie et lui attrape les cornes. Elles sont dures et fortes entre mes mains. Je les frotte doucement, comprenant instinctivement qu'elles lui procurent les mêmes sensations que celles que j'éprouve.

— Kailani, *bordix !* marmonne-t-il en faisant des cercles autour de mon clitoris.

Les merveilleux gestes papillonnants sur moi me ramènent au bord du précipice. Je respire plus fort et j'essaie de rapprocher mes hanches de sa bouche...

Et que ce connard aille se faire voir, il me repose sur ses genoux pour me redonner des fessées.

— Qu'est-ce que je t'ai dit ? me gronde-t-il.

Il m'a installée de sorte que je ne puisse pas me frotter contre lui. Il me tape le derrière à répétition. Sans oublier le haut des cuisses.

Je finis par crier :

— Ça ! Je voulais ça. Je pensais à toi. J'avais envie...

Il s'arrête.

— Tu avais envie... ?

— Que tu me touches. Que tu me procures du plaisir. Comme sur le vaisseau. C'est ce qui a rendu ma culotte... mouillée. Je veux ce merveilleux sentiment.

Je me sens tellement embarrassée, je peux à peine tenir debout. Grâce aux étoiles, je suis sur ses genoux, je n'ai donc pas à le regarder dans les yeux.

Il me frotte à nouveau le postérieur, apaisant l'endroit qui a reçu la fessée.

— C'était si difficile ?

— Oui, marmonné-je.

— Alors, tu as peut-être besoin d'une leçon de plus pour améliorer ton niveau de communication, suggère-t-il. À genoux, Kailani.

Il me caresse le derrière une fois de plus, puis me positionne doucement devant lui. Il écarte les cuisses, pour que son immense sexe jaillisse, dur et ferme.

— Utilise ta bouche, petite guerrière. Comme je l'ai fait.

— Je dois... ?

Je déglutis péniblement et me lèche les lèvres. Mais ça ne me rebute pas. En réalité, j'ai envie de le goûter et de lui procurer du plaisir.

Je pose mes mains sur ses jambes pour me soutenir et je m'avance. Son sexe est si gros que je dois ouvrir bien grand la bouche pour le glisser à l'intérieur, mais ce n'est pas inconfortable. Sa peau est douce et il n'a pas réellement de parfum. Il a la même odeur propre et boisée que le reste de son corps.

— Suce-le avant de le relâcher et ensuite, lèche-le, m'ordonne-t-il. Après, recommence. Comme ça.

Je le fais et il saisit ma tête pour guider mes mouvements.

Il est ferme, mais pas brutal. Quand j'adopte le rythme, sa prise se resserre sur mes cheveux.

— *Bordix*, Kailani, je vais jouir ! marmonne-t-il.

Je poursuis plus fort la fellation, désireuse de voir ce puissant guerrier exploser sous mes bons soins.

Avec un son guttural, son membre se raidit et un fluide chaud en jaillit et me recouvre la langue. Surprise, je déglutis – il est léger et sucré.

Je recule pour respirer et, d'instinct, je continue à serrer son sexe avec la main. Tout son corps se tend et sous mes doigts, je sens qu'il a des spasmes.

— Ça a les couleurs de l'arc-en-ciel ! m'exclamé-je.

Même dans la lumière tamisée du feu, le tourbillon fantastique de nuances m'abasourdit.

Il ne répond pas, mais lâche un gémissement de plaisir avant de soupirer, un son profond de satisfaction.

— Kailani, c'était merveilleux ! murmure-t-il en passant une main dans mes boucles.

Il pose l'une de ses paumes sur mon épaule, les yeux fermés.

Le voir comme ça, nu et s'offrant à moi, fait fondre mon cœur.

Avant que je puisse répliquer, il soulève ses paupières et sourit.

— Maintenant que la leçon est terminée, il est temps que tu reçoives la récompense.

Il se met à nouveau en action.

— On remonte sur le rocher, ma petite, m'ordonne-t-il en m'installant sur la pierre en hauteur. Les jambes bien écartées pour ma langue.

J'obéis avec empressement. Cette fois, quand il pose les

lèvres sur moi, c'est plus délicieux encore. Ses mouvements me rendent folle en quelques minutes, et je remue dans tous les sens.

— Khrys, s'il te plaît, je peux jouir ? le supplié-je.

Il glousse contre mon corps.

— Pas tout de suite. Attends un peu.

— Mais je ne peux pas !

Je m'impatiente.

— Essaie de toutes tes forces, suggère-t-il. Sinon tu auras à nouveau la fessée. C'est l'apprentissage de l'obéissance.

Je ne veux pas qu'il recommence – je recherche le plaisir. Alors je me concentre pour tenir.

Finalement, la sensation est trop forte.

— Khrys ! hurlé-je.

— Jouis, petite guerrière, m'ordonne-t-il.

Je m'exécute. Tout mon corps se contorsionne quand l'explosion se déclenche et n'en finit plus.

Je ronronne et crie. Je m'avance vers sa charmante bouche qui soutire la moindre goutte de mon orgasme et quand j'atteins le paroxysme, je m'effondre en avant.

Il m'étreint et me berce contre lui.

— Regarde-toi, enduite de mon sperme, murmure-t-il en s'assoyant près du feu et en nous recouvrant de la couverture. Par les étoiles, j'aime te voir comme ça !

Je suis si perdue dans mon plaisir résiduel que je n'y prête pas tout à fait attention. Je reste seulement étendue contre lui, détendue et franchement satisfaite, écoutant la pluie et le crépitement des flammes, tout en profitant de la chaleur de ses bras autour de moi.

Je ne me suis jamais sentie aussi bien... Ni autant en sécurité.

Chapitre Sept

K *ailani*

Plus tard, une fois nettoyés et après avoir revêtu nos habits, désormais secs, on s'assoit à nouveau ensemble pour observer la pluie et attendre. Même si je sens un lien puissant avec Khrys, regarder le paysage extraterrestre fait remonter mon anxiété en pensant à notre situation et à mon avenir.

— Les Kraas n'ont jamais mentionné ces tempêtes.

Je fixe le chaos, seulement à quelques mètres de nous.

— Bien qu'ils ne m'aient pas raconté toutes leurs aventures.

Nous sommes en sécurité – du moins pour le moment. Mon esprit revient vers les provisions que nous avons abandonnées pendant notre fuite.

— Penses-tu que les fleurs que nous avons ramassées vont survivre aux éléments ?

Khrys reste silencieux une seconde.

— Les sacs sont résistants et imperméables. Mais quand on s'échappera de cette caverne, on devra retourner au vaisseau immédiatement, Kailani, pour nous rendre sur Zandia. Nous avons peu de temps.

Je me tends. Tout mon corps s'affaisse sous la déception.

— Non. J'en ai besoin, murmuré-je.

Je ne comprends pas pourquoi on ne peut pas prendre un cycle solaire de plus. Seulement un. Pourquoi on est si pressés ?

— On pourra revenir avec des renforts plus tard.

Il n'apporte aucune explication sur notre courte échéance.

— Mais ce sera dans plusieurs lunes, Khrys, mentionné-je d'une voix tendue par l'inquiétude. C'est la saison des pluies. Si on ne récupère pas le pollen maintenant...

J'essaie de ne pas penser que je pourrais avoir des migraines constamment.

Je m'empare d'un bouton dans ma poche et mange une partie des fleurs avant de le remettre à l'intérieur.

— Ces quelques boutons ne dureront pas longtemps.

Je suis heureuse d'en avoir au moins pris plusieurs sur moi.

Il soupire et marmonne.

— *Bordix !* Un autre échec spectaculaire.

— Quoi ?

Je fronce les sourcils et lève les yeux vers lui.

— Rien.

Il secoue la tête.

— Ça ressemblait à *un autre échec spectaculaire*. Tu te souviens de mon audition ? lui demandé-je en désignant ma tête.

Il laisse échapper un ricanement amer.

— C'est à des années-lumière de ce qui te concerne. Ne te préoccupe pas de ça.

Je me mords la lèvre. Les mots jaillissent avant que je comprenne ce qu'ils signifient.

— Mais je me soucie de toi. S'il te plaît, dis-moi.

* * *

Khrys

Les Zandians ne parlent pas de leurs émotions. Mais pour une raison quelconque, je me confie à Kailani.

Je fixe le rideau de pluie pendant qu'elle respire calmement dans mes bras, son corps blotti entre mes cuisses.

— L'honneur est tout pour nous, sur Zandia. Notre fierté pour notre travail fait avancer notre civilisation, nous donne des succès, détermine la vie ou la mort de notre espèce. Littéralement. Nous avons été en guerre. Au cours de mon existence, nous avons perdu notre planète et nous l'avons récupérée.

— Ah oui ?

Sa petite main s'ouvre sur mon bras.

Je hoche la tête.

— J'ai commis des erreurs récemment. J'ai mécontenté mon roi. Je me suis déshonorée. Rien qui ne puisse être réparé, mais les commandants de mon rang... n'en font pas. C'est une disgrâce, dis-je d'une voix pleine de dégoût.

Elle reste silencieuse. Puis elle demande simplement :

— Pourquoi ?

Je cligne des yeux à quelques reprises.

— Euh, je ne sais pas. En fait, je n'y ai jamais réfléchi.

— Pourquoi ? C'est... intéressant.

Je secoue la tête.

— Je pense que la raison pour laquelle on échoue est tout aussi importante que l'échec, explique-t-elle d'un ton songeur. Du moins d'après mon expérience.

— Ton expérience ?

Je n'ai pas envie de paraître condescendant, mais j'entends la question dans ma voix.

— Tu veux dire « qu'est-ce qu'une esclave peut bien savoir sur les choix » ?

Ses cheveux sont mouillés sur mon épaule.

— Même le bétail a des secrets. Des décisions à prendre.

— Je suis désolé. J'en suis certain.

— Alors, repense à ce qui est arrivé, à ce qui a mené à l'échec. Reviens en arrière et ça pourrait te donner des réponses sur la façon d'avancer.

Bordix, comment peut-elle être si intelligente ?

Mais je fronce les sourcils quand les images ressurgissent dans ma tête : mon unité au cours de la bataille, il y a quelques cycles solaires. L'engin explosif qui se déclenche. Le décès de mon plus jeune frère, l'être qui avait le plus d'importance pour moi dans toute la galaxie. Les assurances ensuite, peu convaincantes, que ce n'était pas ma faute. Que je suis un excellent combattant et que la mort peut survenir pendant un affrontement. Elles m'enjoignaient de tourner la page. De continuer à former des guerriers.

Ça me revient régulièrement dans mes rêves, le visage de Kyl et celui des autres Zandians, leur expression quand ils ont compris leur sort. Je me réveille en général avec un cri guttural expirant dans ma bouche, comme eux sur le champ de bataille.

— Khrys ? demande-t-elle avec douceur, mais je perçois son inquiétude.

— Quoi ?

— Ton corps est complètement bloqué.

Je réalise que je la serre fort et que ma respiration est laborieuse. Je détends mes muscles et m'éclaircis la gorge.

— Excuse-moi. Seulement un souvenir.

— Il ne devait pas être bon.

Sa voix reste neutre.

— En effet.

Je m'essuie le sourcil.

— Tu veux en discuter ?

— Pourquoi j'en aurais envie ?

— Nous, les humains, trouvons que parler atténue la misère.

— Ne me reproche pas mon scepticisme, répliqué-je avec un ton hautain. Puisque ton espèce n'est pas les maîtres de l'Univers.

Je grimace sous mes paroles, mais elle ne semble pas déroutée.

— Exactement. Il nous faut des stratégies pour survivre à notre propre sort. Nous parler est l'une des meilleures.

— Les discours ne résolvent rien. Je suis à nouveau tendu.

— Ça ne te fera pas de mal d'essayer.

Elle reste patiente.

Le besoin d'être réconforté – étrangement nouveau – me le permet. Les mots sortent tout seuls.

— C'était il y a plusieurs cycles solaires. J'étais commandant dans l'armée, fraîchement promu. J'ai entraîné une troupe de Zandians dans la bataille et je les ai guidés quand on a repris notre planète. Mais on a... échoué.

Les émotions remontent à nouveau, la panique et le sentiment d'impuissance.

— Mon frère en faisait partie.

— Je suis vraiment désolée.

Sa main est incroyablement douce sur mon bras.

— Je pense que si je les avais formés plus fermement, si je les avais poussés plus vite, si j'en avais fait plus, peut-être qu'il aurait été prêt pour l'attaque. Il aurait survécu.

— C'est ce que tes supérieurs t'ont dit ?

Je secoue la tête.

— C'est ce que je me répète. Parfois, la bataille tourne en boucle dans mon esprit. Comme un holo qui ne veut pas s'arrêter.

J'appuie sur mes tempes.

— Ça semble tragique. Et gênant.

J'y réfléchis.

— Peut-être. Tu vois la manière dont ton corps a réagi instantanément quand tu as aperçu l'aiguille ?

Elle acquiesce, ses yeux bleus rivés sur le côté de mon visage.

— Ça y ressemble. Des éléments déclencheurs me rappellent cet affrontement. Je...

Je déglutis.

— Je suis un formateur, poursuis-je. Tous les guerriers que j'entraîne mettent leur destin entre mes mains – comme mon frère. Chacune de mes erreurs peut leur être fatale.

— Mais tu en commets ?

Je hoche la tête.

— Je me fige – comme toi avec l'aiguille. Au lieu de donner les ordres qu'il faudrait, je me retrouve soudainement à nouveau dans la bataille à regarder Kyl mourir en boucle. Et c'est à ce moment-là que les accidents arrivent.

— Je suis désolée, murmure-t-elle.

— C'est ce qui s'est passé, il y a quelques rotations planétaires quand j'ai... fait ma plus récente erreur. J'ai été rétrogradé, en fait. Et le roi a eu raison de le faire. J'ai échoué dans ma tâche.

Je lui lance un regard en biais, attendant le mépris ou le dégoût, mais il jaillit plutôt dans mes tripes.

— Tu es un super capitaine, Khrys, affirme-t-elle d'une voix douce. Je l'ai vu de mes propres yeux. Tu es un adversaire intelligent et un guerrier fort. Je sais que tu sers bien ton roi.

— Tu ne me connais pas assez pour faire ce genre de déclaration.

Mais je ressens une fierté inhabituelle devant ses compliments.

— J'ai l'impression que tes ruminations t'ont détourné de ta tâche. Parviens-tu à y songer moins souvent ?

— Je mérite d'y penser tous les jours et de souffrir pour ce qui est arrivé.

Elle me serre la main.

— Nous, les humains, ceux sur lesquels les Kraas ont travaillé, on avait une technique. On se réservait une certaine quantité de temps à chaque rotation solaire pour s'inquiéter des choses que l'on ne peut pas changer. Ensuite, on tâchait de vivre aussi bien que possible malgré les circonstances.

— Ça fonctionnait ? demandé-je en fronçant les sourcils.

Elle a dit *on* et j'ai envie de poser des questions à ce sujet plus tard, mais pour l'instant, je n'arrive pas à penser à autre chose qu'à mon frère et aux souvenirs.

— Pas pour tout. Mais même un petit peu, ça aide.

Elle caresse mon bras.

— Et ça s'applique comment pour moi ?

Ma voix est toujours pincée.

— Crois-tu réellement honorer sa mémoire en continuant à souffrir et en faisant du travail médiocre ? Souhaiterait-il ça pour ta planète ou toi ?

Elle marque une pause.

— Tu n'as peut-être pas à te punir constamment, surtout si ça met les autres en péril. Pense à lui une fois au cours de chaque rotation planétaire, et le reste du temps, accepte de repousser tes souvenirs. Du moins la partie où tu te châties.

Sa proposition est comme un coup de tonnerre. Pas une fois, je n'avais considéré l'idée de m'autoriser à ne pas souffrir à cause de ces souvenirs. Le concept où je pourrais mettre de côté la douleur pour mon frère et aller de l'avant est si nouveau et si exaltant que j'en cligne des yeux.

— Peut-être.

C'est tout ce que je lui dis, toutefois.

Elle soupire.

— Tu as mentionné... d'autres humains ?

Je souhaite changer de sujet, et je veux en savoir plus sur sa vie et ses expériences.

— Oh, ils en ont fabriqué plus d'une comme moi ! Ils avaient envie d'une armée.

C'est maintenant à son tour de se raidir.

— Plusieurs de leurs prétendus prototypes ont échoué et ont été éliminés.

Elle lève les yeux vers moi.

— Tués, explique-t-elle d'une voix lourde de colère et de douleur.

— J'avais compris cette partie.

Mon ton est plus sombre.

— Ils nous avaient rassemblés dans le même dortoir pour qu'on s'entraîne ensemble, poursuit-elle d'un air songeur. Parfois, on s'affrontait pour voir qui était meilleur sur des tâches. Ils ne voulaient pas qu'on joigne nos forces, mais ils ont appris que les humains meurent plus vite s'ils sont trop isolés.

Elle rit, sans humour.

— Leurs concessions pour nous étaient basées seulement sur une valeur monétaire et notre survie.

— Où sont les autres ?

Je lui caresse le bras. Elle déglutit et tourne la tête.

— Je ne sais pas. Ils ont tous été vendus avant moi.

Sa voix se brise et elle s'essuie les yeux.

— Maintenant, il ne reste que moi.

Peu importe ce qui leur est arrivé, elle en souffre, c'est évident. Je la serre plus fort contre moi.

— Kailani. Je suis désolé.

— Mais je suis loin des Kraas. Et vivante. Je suis reconnaissante.

Elle paraît encore surprise devant ce nouveau coup du sort.

À l'extérieur de la grotte, la grêle s'est arrêtée et la pluie s'est atténuée. Elle n'est plus qu'un crachin. La rivière récemment formée en contrebas bouillonne, elle semble avoir pris vie, un sinueux serpent argenté dans le paysage. Un arbre entier déraciné flotte dans les eaux furieuses comme s'il n'était qu'une branche.

— Cette rivière est infranchissable. Mais au moins, le temps s'est assez calmé pour qu'on puisse quitter la caverne.

Elle se penche en avant et lève les yeux vers le ciel gris. Les deux soleils sont cachés derrière d'épais nuages, mais un faible rayon apparaît un instant.

— Et c'est un problème. Parce que si on peut s'aventurer dehors, les autochtones le peuvent aussi. Et tu peux être sûre qu'ils vont venir nous chercher.

Chapitre Huit

K ailani

Je rampe hors de la caverne et regarde à droite et à gauche ; aucun signe de vie – pas d'antlex, pas d'autochtone. Seulement le rugissement de l'eau et au-delà, les champs. Et quelque part au loin se trouvent nos sacs de fleurs, je présume. Le ciel est toujours nuageux, mais de petites parcelles grises et roses percent, rendant ces rayons de soleil solitaires presque amicaux. Comme si la nature était de notre côté.

— On doit d'abord traverser cette rivière.

Khrys se tient à mes côtés, grand et fort.

— Nous allons chercher la partie la plus étroite et poser quelque chose dessus pour le franchir. Je pourrai peut-être trouver un tronc pour servir de pont, songe-t-il.

Mais pendant qu'il parle, le débit ralentit.

— Ou pas. Est-ce que l'eau peut s'infiltrer dans le sol si vite ? La terre est différente sur Zandia.

— Tant mieux pour nous.

Je m'étire les mollets pendant qu'elle se retire presque aussi brusquement qu'elle est venue.

— Khrys, s'il te plaît, tu veux bien qu'on retourne voir si on peut récupérer les fleurs ?

La supplication dans ma voix est difficile à entendre, mais sans notre butin, j'ignore si je m'en sortirai. Il me regarde dans les yeux pendant une longue seconde, essayant de prendre une décision. Tout ce que je peux faire, c'est espérer qu'il choisira la voie qui me procurera le moins de douleur.

Il soupire.

— Très bien. Mais au moindre signe d'ennui, on fait tout de suite demi-tour. Compris ?

J'acquiesce immédiatement.

— Oui, maître.

Ça vient d'où, ça ?

Il semble aussi surpris que moi, mais un lent sourire étire ses lèvres.

— J'aime bien ces paroles sortant de ta jolie bouche, murmure-t-il en s'approchant de moi.

Pendant une fraction de seconde, je crois qu'il va m'embrasser – je m'incline, mourant d'envie de ce contact, mais le son d'une brindille qui craque nous fait tous les deux sursauter et on se retourne en même temps.

— Ce n'est qu'une pierre qui est tombée.

Khrys désigne un rocher délogé par la tempête dévalant la colline dans un amas de branches cassées.

Ses épaules se redressent et il semble concentré.

— Allons-y.

À ma plus grande joie, nous retrouvons les sacs beiges intacts, à l'endroit exact où on les a laissés. Aucun antlex n'apparaît autour de nous pour l'instant. Les fleurs non récoltées sont maintenant réduites en bouillie. Le champ auparavant rempli est désormais une terre désolée, marécageuse, parsemée de tiges brisées et de pétales écrasés. Tout le pollen a été emporté.

— Grâce aux étoiles, on a celles-là !

Je récupère mes deux sacs pleins à ras bord pendant que Khrys s'empare du sien. L'étanchéité semble avoir tenu et j'en jubile presque de soulagement.

Un étrange crissement se fait entendre sous ma botte. Je crie et sursaute.

— Qu'est-ce que c'est ?

Je recule d'un pas, prête à l'attaque, le cœur battant, mais ce n'est qu'un petit animal. Il fait environ la taille de mon avant-bras, a une fourrure bleutée et de grands yeux dorés. Il lève la tête vers moi et bouge ses pattes minuscules vers le haut hors de la boue comme s'il réclamait à manger. *Un couinement.*

— Khrys ? C'est quoi ?

Je suis fascinée et sur mes gardes en même temps.

— Il est si... mignon.

Il se penche en avant.

— Je pourrais mettre ma main à couper que c'est un troceuil, répond-il en riant. Les informations de maître Seke ne mentionnaient pas qu'il y en avait ici.

— Ils sont toxiques ? demandé-je, bien que son comportement suggère le contraire.

— Pas pour les Zandians ni les humains. C'est une sorte de rongeur. Pas des plus intelligents. Regarde.

Il tend la main et touche le dos de la créature.

— Ils n'ont aucune notion du danger.

L'animal s'arque immédiatement sous sa caresse et commence à ronronner.

— Qu'il est stupide ! Je pourrais le tuer ou le dévorer d'un coup.

Il le tapote plus fort. Le rongeur lui grogne après, comme s'il était énervé, et s'arrête d'émettre le moindre son.

— Mais tu manges à peine.

Je tends aussi la main. Le petit être la renifle et pousse ensuite mes doigts avec le bout de son nez. Il ronronne à nouveau, plus fort, mais il a l'air heureux, maintenant.

— Il est adorable.

La petite bête se rapproche et pose ses pattes sur mon mollet. Khrys semble dégoûté.

— Ce sont des nuisibles quand on est en mission. Je ne les supporte pas. Ils se mettent toujours en travers de notre route.

Il se penche vers le troceuil.

— Allez. Dégage d'ici !

Il le pousse un petit peu.

La créature l'ignore. Elle continue de tapoter ma jambe.

— Tu n'en as pas sur ta planète ?

Il secoue la tête.

— *Bordix*, heureusement que non !

Une étrange pensée me traverse l'esprit.

— On peut le garder ?

Je ressens une soudaine affection pour cette petite bête, qui – sortie de nulle part et sans raison particulière – est gentille à sa manière.

— Jamais de la vie !

Son ton est sec et ne laisse aucune place au débat.

— Certainement pas ! Je ne suis pas équipé pour prendre les animaux sauvages à bord. Et nous n'avons pas besoin de cette *chose* sur Zandia.

Je crie et glousse quand il me lèche la main avec sa langue violet foncé.

— Il m'aime bien.

— Ce serait comme un poids mort.

Khrys secoue la tête.

— Viens, Kailani. Restons concentrés. Le vaisseau est par là. Allons-y.

Il m'indique une direction.

— D'accord, je suis...

Une désagréable impression de déjà-vu m'envahit quand le sifflement d'une flèche emplit mes oreilles.

— *Bordix*, les indigènes sont revenus ! jure Khrys. Ils attendaient qu'on récupère les sacs. C'était une embuscade.

— Ils approchent depuis le nord.

J'examine les alentours, tous les sens en alerte. Mes muscles sont contractés, je me prépare au combat. Je suis attentive et enregistre le son que font leurs pieds. Ma vision s'éclaircit et je me concentre.

— À l'allure à laquelle ils progressent, nous avons trente secondes. Ils ne nous ont pas encore encerclés. Nous pouvons courir avant qu'ils puissent être assez près pour viser correctement.

— On ne pourra pas atteindre le vaisseau assez vite, mentionne-t-il d'une voix tendue. C'est au-delà de ton seuil d'endurance. Je vais les retenir pendant que tu prends de l'avance, je te rattraperai.

— On devrait se battre ensemble.

L'idée de partir toute seule me fait paniquer.

— Non, rétorque-t-il. À mon commandement, tu récupères tes sacs et tu cours vers le vaisseau.

Il sort un dispositif de sa tunique et le presse contre ma main sans regarder, puis il me rend l'arme laser qu'il m'avait confiée tout à l'heure.

— Garde-les en sécurité.

Il utilise son fusil longue portée pour paralyser le premier autochtone en approche, mais des douzaines d'autre apparaissent à l'orée de la forêt.

— Le vaisseau est configuré pour s'ouvrir quand il reconnaît mes paramètres biométriques. C'est un appareil pour contourner ce système et monter à bord. Je l'ai préprogrammé avec ton empreinte digitale, au cas où. Vas-y et attends-moi.

— Mais...

— Pars. Tout de suite !

Il hurle avec une telle férocité que je déguerpis, les sacs rebondissant sur mes jambes, lourds et étranges.

Il a raison – je ne peux pas courir aussi vite ni aussi longtemps que lui, surtout avec cette charge. C'est le seul moyen pour que nous puissions nous en sortir tous les deux. Mais je suis terrifiée.

Je l'entends pousser un rugissement de guerre, mais je ne regarde pas derrière moi. Je suis rapidement assez loin pour que la voix des indigènes soit atténuée et au bout d'un moment, aucun autre son que les couinements étranges de mon sac ne me parvient.

J'arrive ensuite au vaisseau.

* * *

Kailani

Je sais que je suis au bon endroit même si je ne vois rien parce que le dispositif dans la poche de ma veste sonne avec insistance. Quand je le sors et touche le renfoncement luisant avec mon index, il brille en vert. Des symboles que je ne comprends pas apparaissent, mais je lève l'appareil et le pointe devant moi.

Comme par magie, le vaisseau miroite, seulement sur les bords, me montrant les contours de la coque incurvée et sa base lisse. L'escalier est relevé, comme s'il était à moitié formé.

Je plonge en avant et grimpe. La porte s'ouvre avec un sifflement pneumatique. Je me jette à l'intérieur, et quand elle se referme derrière moi, je sanglote de soulagement.

Je suis vivante, en sécurité, et j'ai les fleurs. Les *bordix* de fleurs. J'utilise le juron de Khrys, j'aime le son qu'il produit. C'est un mot puissant.

— *Bordix !* murmuré-je.

Je tremble. Je m'effondre dans un siège du vaisseau. Je m'autorise à reprendre mon souffle avant de me relever.

J'avale un tube de nutrition et m'enveloppe dans une couverture argentée pour me réchauffer, en me tenant au hublot pour regarder à l'extérieur. Où est Khrys ? Il n'est nulle part en vue. Je suis horrifiée quand le ciel s'assombrit.

— Où est-il ? marmonné-je.

Un grincement.

— Par les étoiles ! m'exclamé-je en sursautant.

Une bosse se déroule sur le sommet du premier sac de fleurs. Trempé et malheureux, mais de toute évidence indemne, apparaît le troceuil du champ.

Un couinement. Il me regarde avec ses grands yeux.

— Comment es-tu arrivé ici ? Tu te cachais là-dedans ?

J'hésite devant l'animal.

Couic. Il se rapproche et serpente autour de mes jambes en faisant des cercles. Il a une queue pathétique de fourrure emmêlée et pleine de teignes et d'herbe. Il se secoue et des gouttes d'eau boueuse volent tout autour de mes bottes.

— Ta place n'est pas ici.

Mais je ne peux résister à l'envie de me pencher pour lui toucher le dessus de la tête. Il est ridiculement doux.

— Tu es supposé être de la vermine.

Mais cette affection sans aucun jugement me réchauffe le cœur et je le caresse à nouveau.

Il relève le menton contre mon pouce, comme s'il aimait la sensation de mes doigts. *Couic.*

— Je n'ai pas le temps pour ça !

Je me lève et retourne vers le hublot. Pas de Khrys ?

Sur un coup de tête, je m'assois à la console de commande et pointe l'appareil portable vers l'écran.

Un petit tintement se fait entendre et le moniteur s'illumine avec des symboles et des chiffres.

Je me souviens de l'avoir vu taper et glisser ses doigts dessus et dans les airs. Il y a une icône d'oreille, alors je la touche et les inscriptions basculent dans différents langages. Quelques-uns que je ne comprends pas, puis... l'ocretian, la langue la plus commune de la galaxie.

— On démarre les moteurs, capitaine ? s'informe l'écran.

Mon pouls s'accélère. Je pourrais partir. Tout de suite. J'ai mes fleurs. Un vaisseau. Je pourrais être libre – une humaine indépendante dans un monde où nous sommes tous asservis. J'ignore où je pourrais aller, mais je pourrais trouver une solution. Je pourrais tenter de dénicher Jesel.

J'hésite. Je regarde à l'extérieur, quelques gouttes de pluie commencent à apparaître sur les hublots.

Je n'ai rien à faire à l'exception d'attendre Khrys. Mais l'idée de fuir grandit en moi. Mon cœur bat la chamade.

— Oui, démarre les moteurs. Amorce le décollage.

— Affirmatif.

Les lumières clignotent et des sonneries résonnent dans le vaisseau – vraisemblablement – pour se préparer pour un départ imminent. Les réacteurs profondément enfouis dans la structure vrombissent en reprenant vie, c'est un bourdonnement à peine perceptible, il remonte dans mes bottes et mon corps.

— Démarrage des moteurs.

C'est agréable. Ça a un goût de sécurité – et de liberté. Des choses que je n'ai jamais connues. Ce que j'ai toujours désiré depuis ma naissance.

— Boosters prêts. Propulseurs prêts. Hyperdrive prêt. Préparation des systèmes de survie.

Il ne reste qu'un élément qui clignote en rouge, attendant à être activé.

Je pourrais partir – sans Khrys. Je pourrais décoller avec ce vaisseau – ce concentré de technologie hors de prix pouvant presque voler tout seul – et trouver une planète indépendante. Ce n'est pas impossible.

— Je suis intelligente, murmuré-je.

Le trocueil saute sur mes cuisses et se blottit contre ma poitrine. *Un couinement.*

— Je pourrais apprendre, dis-je en posant une main sur la console. Comprendre par moi-même. Et si je m'écrase... Au moins, j'aurais saisi ma meilleure chance et je ne serais plus une esclave.

Je pense à mes amies – Ina, Anya, Agniezka et Ruta.

— Elles sont vivantes ? demandé-je.

Aucun être ne peut me répondre.

— Elles aussi été ont mises aux enchères, échangées contre des *steins* ? Elles sont peut-être toujours sur Reneron.

Il s'agit du relais où les Kraas aiment conserver les biens qu'ils souhaitent vendre avant de les emmener sur les planètes où elles ont lieu.

— Plutôt que d'aller sur Zandia, je pourrais les retrouver. Les sauver.

Je me surprends à parler au trocueil, qui me regarde avec ses iris dorés (je crois que c'est une femelle) comme si elle écoutait.

— Grrr, acquiesce-t-elle en essuyant sa fourrure bleue sur mon bras.

Je grimace.

— Arrête ça. Tu es pleine de boue, la grondé-je d'une voix douce. Elles me manquent, murmuré-je à la petite créature, les yeux embrumés par les larmes.

Elle s'installe sur mes genoux et appuie ses pattes à un rythme régulier sur ma jambe.

— Systèmes de survie activés. Le vaisseau est prêt au décollage.

La console clignote en vert.

— En attente des ordres, poursuit l'appareil.

Je me mordille la lèvre inférieure. La pluie s'abat encore plus fort contre la coque. Elle se transformera certainement en grêle bientôt.

Le fait que Khrys ne soit pas rentré signifie sans doute qu'il est mort. Cette pensée me transperce d'une douleur en plein qui me paralyse, mais je la refoule. Je dois réfléchir. Plus j'attends, plus j'ai de risques que les indigènes trouvent et attaquent le vaisseau.

Mais si Khrys était toujours dehors – et vivant ? Et si je pouvais lui venir en aide ? Mon cœur se serre et cette angoisse me pousse à me lever.

Le trocueil saute sur le sol avec grâce.

— *Grrr*, lance-t-elle.

— Et s'il a besoin de moi ?

Je regarde la console. Tout ce que j'ai à faire est d'appuyer sur un bouton et je serai libre, seule.

Mais ensuite, je vois le visage de Khrys dans mon esprit. Je sens son contact. Je me souviens de notre proximité dans la caverne.

L'ordinateur répète.

— En attente des ordres.

Par notre douce Terre ! Que dois-je faire ?

Chapitre Neuf

K *hrys*

Les tirs se poursuivent bien plus longtemps que je m'y attendais.

Les flèches volent dans ma direction en salves soigneusement planifiée – ces autochtones sont intelligents. Une part de moi admire leur ténacité et leur habileté à confectionner de telles armes avec une technologie aussi rudimentaire. Une autre veut simplement survivre.

— Rentrez, *bordix* ! marmonné-je.

Mon fusil est programmé pour paralyser ; je n'ai pas envie de les tuer. Mais s'ils ne battent pas rapidement en retraite, je vais être forcé de faire le nécessaire.

— Imbéciles ! Ne m'obligez pas à vous descendre.

Au début, je les ai juste retenus pour donner une longueur d'avance à Kailani. J'avais prévu de m'enfuir dès que j'aurais été certain qu'elle avait atteint le vaisseau. Mais lorsque j'ai commencé à courir, de nouveaux groupes sont arrivés de tous les côtés jusqu'à m'acculer contre un affleurement de rochers. Ils approchent à travers le champ de fleurs détrempées, lentement, mais sûrement. La douzaine d'assaillants en première ligne ont maintenant dressé des boucliers en peaux animales qui abritent les individus.

Mais leurs têtes sont toujours apparentes. À mon grand soulagement, ma bonne vision et la rapidité de mon fusil font tomber la moitié des archers visibles et la quantité de flèches diminue. Le groupe lève ses rondaches et forme un cercle.

Par les étoiles, leur manœuvre est étonnamment moderne ! Je passe mon arme en mode laser pour brûler et j'assène une série de tirs rapprochés sur leurs murs protecteurs. Quand les peaux s'enflamment, je murmure :

— Oui !

Des cris d'horreur et de désarroi s'élèvent des rangs des autochtones, qui se détournent finalement et s'enfuient loin de moi, décidant apparemment que je ne vaux pas le coup – pour le moment.

— Enfin ! marmonné-je.

Je les observe une fois de plus pour m'assurer qu'ils partent réellement avant de courir vers mon vaisseau. Je suis inquiet pour Kailani.

Par les étoiles, si elle a rencontré plus d'indigènes en rentrant, je ne pourrai pas le supporter. Et si elle avait eu une autre attaque de panique ?

Excrément ! Je file aussi vite que possible, mais au loin, je vois la coque sans camouflage, les moteurs en marche, l'appareil prêt à décoller.

Bordix !

Elle m'abandonne. Le vaisseau est sur le départ.

Kailani m'a trahi – elle est sur le point de s'envoler avec mon véhicule, en me laissant sur cette planète.

— Maudite humaine ! craché-je quand le ciel tonne et que la pluie tombe comme si j'étais sous une cascade.

Je suis aveuglé par le déluge, mais soudain, une apparition oscille à travers l'afflux de liquide. Je lève mon arme laser vers la silhouette difforme titubant vers moi, mais quelque chose retient mon tir. L'ombre approche et devient plus distincte.

— Khrys ? Khrys !

Mon cœur vacille. Par les étoiles ! C'est Kailani portant un uniforme zandian bien trop grand, se traînant résolument à travers la tempête.

Elle a attendu !

Elle n'est pas partie sans moi. Elle aurait pu, elle y a certainement pensé. Mais elle ne l'a pas fait. Elle est venue me retrouver.

La grêle commence à percer son équipement.

— Kailani !

Ma voix est instantanément perdue dans l'orage. Elle ne m'entend pas. Je cours vers elle.

Elle me vise avec l'arme que je lui ai confiée.

— Kailani, c'est moi ! C'est Khrys !

J'attrape son pistolet avant qu'elle puisse tirer.

— Khrys ! Merci, douce Terre !

Elle m'étrangle en se jetant à mon cou.

Elle a attendu. Mon cœur ne cesse d'être en fête. Ma femelle avait tout ce qu'il lui fallait pour s'échapper – le vaisseau, les médicaments, une arme. Mais elle n'est pas partie.

Elle s'est réellement liée à moi. *Bordix*, est-ce ce que les humains appellent l'amour ? Ça voudrait dire... qu'elle est mienne. Elle m'a réclamé. Je vais le faire en retour.

— Allez, on décolle.

Je la tire à bord alors que la grêle commence à battre le sol avec véhémence, les balles hérissées sont encore plus grosses que tout à l'heure.

Nous nous effondrons par terre, tel un amas mouillé, haletant.

— En attente des ordres, dit la console.

Je me mets en action. Je m'assois devant les commandes et programme la route pour Zandia, évitant la ceinture d'astéroïdes et les zones dangereuses où nous savons que les Ocretians rôdent dernièrement. Puis je nous propulse dans l'espace.

* * *

Kailani

À l'instant où Khrys nous propulse dans l'espace et en sécurité, loin de cette planète, il se lève de la console et augmente la distance entre nous. Je me suis attachée pour le décollage, mais j'ai défait ma ceinture en essayant de discerner s'il est en colère ou...

Il tend une main vers moi, pose la seconde sur ma nuque et attire ma bouche vers la sienne.

— Kailani, gronde-t-il après un baiser passionné.

Je cligne des yeux, abasourdie par son intensité.

Il ne s'arrête pas pour me donner des explications. Il s'empare à nouveau de mes lèvres, glissant sa langue entre elles en même temps qu'il me soulève pour que j'entoure sa taille de mes jambes.

— Je vais te prendre si fort ! rugit-il.

— Oh !

Une exclamation de surprise m'échappe. Des frissons d'excitation fusent dans mes parties inférieures. Je me saisis d'une de ses cornes et la serre. Il gémit en tirant en avant. Il me transporte vers la salle de lavage, où il me repose sur mes pieds, sa bouche continue de dévorer la mienne. Il me retire mes vêtements mouillés.

Je glisse une main sous sa tunique, ma paume explore les crêtes de ses abdominaux. Dès qu'il m'a mis toute nue, il me pousse dans le tube. Même s'il est étroit, je l'attire avec moi.

— Je... crois qu'on peut y entrer tous les deux.

Je suis à bout de souffle.

Il retire ses bottes d'un coup de pied et envoie son legging suivre le même chemin avant de me rejoindre à l'intérieur en plaquant mon dos et mes fesses contre le mur quand son immense corps remplit le cylindre. Il presse le bouton et la porte se referme.

Je me mets sur la pointe des pieds et lui attrape les deux cornes.

— Bordix, Kailani ! grogne-t-il en me palpant le derrière.

Son énorme érection appuie contre mon ventre.

Je tâte et fais des va-et-vient sur ses excroissances en m'émerveillant des réactions de son sexe quand je m'occupe d'elles. Il se serre contre moi, ses baisers deviennent de plus en plus brutaux.

— Prends-moi, le supplié-je juste avant que nous soyons tous les deux submergés.

Cela n'empêche pas Khrys de continuer à m'embrasser. Il me hisse, soulève mes hanches pour que je sois à sa hauteur et au moment où l'eau quitte nos visages, il se glisse en moi.

Je lance un cri de surprise et il se fige une fois enfoui dans mon sexe. Il appuie son front contre le mien.

— Ça va, petite guerrière ?

J'acquiesce.

— Oui, maître.

Le titre semble bien lui convenir. Si je devais avoir un maître, il serait parfait pour moi. Il est si prévenant et attentionné ! Protecteur et gentil. Avec la bonne forme de domination.

Il recule et me pénètre à nouveau.

Mes yeux se révulsent de plaisir. Il est si profondément en moi ! Si enfoncé ! Il me possède comme jamais les Kraas ne l'ont fait. Mon corps s'en délecte.

— Oui, l'encouragé-je en lui serrant une corne.

Il me donne un nouveau coup de reins, jusqu'à la garde et fort. Et encore.

— Plus, murmuré-je.

Il accélère. Ses mouvements sont puissants. C'est presque effrayant, mais la peur qu'il puisse me faire du mal est compensée par le plaisir.

De plus, je sais que si je n'aimais pas, il s'arrêterait. Je le crois, maintenant. Je peux lui faire confiance.

— Kailani ! gémit-il.

Entendre mon nom de manière si gutturale me rend aussi folle que lui. Je serre mes jambes autour de son dos et j'utilise mes talons pour l'attirer plus fort à chaque coup de reins, plus vite.

Le séchoir se coupe et les portes s'ouvrent, mais on ne va nulle part. Khrys fait des va-et-vient en moi, son corps puissant se fond dans le mien, me maîtrise, me dévore.

— *Bordix*, je ne peux pas me retenir plus longtemps ! marmonne-t-il.

— Ne... commencé-je en haletant. Ne te retiens pas.

Il émet un rugissement et s'enfouit profondément en moi. La chaleur de son sperme me remplit quand j'atteins moi-même le pic de mon plaisir, mes parois internes se serrent et se contractent sur son sexe.

— Khrys ! crié-je par saccades.

— Kailani ! Douce humaine. Ma belle, merveilleuse humaine !

* * *

Khrys

Je transporte Kailani dans le dortoir et je la pose sur le lit.

— Tu as pris ton médicament ?

Elle hoche la tête, son regard bleu rivé sur le mien, les pupilles dilatées. Elle rougit d'une jolie manière, avec une teinte rose doré. Elle semble satisfaite.

Contente, même.

J'aime la voir comme ça, et je jure d'imprimer cette expression sur son visage à chaque rotation planétaire.

Si je peux la garder, cela dit.

Je dois en faire la requête auprès du roi Zander pour me lier à elle. Il pourrait me la refuser. Elle a une grande valeur. Il pourrait désirer qu'elle ait plus d'un mâle Zandian parce que ses gênes pourraient être particulièrement utiles pour les générations futures.

Cette pensée me donne envie de frapper les murs du vaisseau.

Il pourrait ne pas m'autoriser à prendre une compagne après ce que j'ai fait. Pourtant, si le corps de Kailani donne les réponses pour guérir la princesse Kaylar et les autres métis malades, je suis certain qu'il pourrait se montrer reconnaissant.

— Tu as mangé quelque chose ? Tu as faim ?

Elle secoue la tête.

— Non, maître.

Bordix ! Chaque fois qu'elle m'appelle comme ça, je ressens le besoin de rugir de satisfaction devant les étoiles. Aucun son ne m'a jamais paru aussi parfait.

— Bien, parce que j'aimerais te prendre à nouveau.

Je remonte sur elle et enferme gentiment ses poignets entre mes mains, puis je les plaque de chaque côté de sa tête.

— Dis-moi quelque chose, petite guerrière. Tu as pensé m'abandonner, non ?

Ses pupilles se rétrécissent et sa respiration se coupe. Je me penche en avant et je fais ce dont je meurs d'envie depuis l'instant où je l'ai vue à la vente aux enchères – je m'empare d'un de ses mamelons bruns, bien tendu, avec ma bouche. Je fais tournoyer ma langue autour et le mordille.

— Hmm ? Tu as découvert comment démarrer le vaisseau. Avec un ordre, tu aurais pu me laisser derrière toi.

— Mais je ne l'ai pas fait, murmure-t-elle.

Je lui lance un sourire féroce.

— Non, en effet. Tu sais pourquoi ?

Elle roule lentement sa tête d'un côté à l'autre.

Je pose une partie de mon poids sur elle, mon sexe entre ses jambes. Je prodigue le même traitement au mamelon négligé. Elle ondule les hanches pour venir à la rencontre des miennes.

— Parce que tu es consciente que tu m'appartiens, pas vrai ? Je vais m'occuper de toi. Je suis ton maître.

— Je... J'avais peur que tu aies besoin de mon aide, admet-elle.

Mon cœur se serre.

— Tu étais inquiète pour moi ?

Mon sourire grandit.

— Oui.

Je descends le long de son corps et lui écarte les jambes.

— Je pensais que tu mériterais une petite punition. Mais je crois que tu devrais plutôt avoir une récompense.

Je la lèche. Elle a un sursaut brusque comme si elle avait été surprise par la sensation, ses genoux se referment autour de mes épaules.

— Khrys ! crie-t-elle.

Lorsqu'elle attrape mes deux cornes, je prends une inspiration, je pourrais presque jouir à nouveau, sans prévenir.

— *Bordix*, Kailani ! J'ignore si tu te rends compte de ce que tu me fais.

Elle me lance un sourire rempli de sous-entendus – si plein de confiance en elle et de puissance que j'en suis abasourdi.

— Je crois que si, ronronne-t-il.

Je glisse ma langue entre ses plis, longeant ses délicates lèvres.

— Quelle aurait été ma punition ? demande-t-elle comme si elle était déçue que je l'aie retirée de notre programme.

Je donne un coup de langue sur son clitoris et ses genoux frappent à nouveau mes épaules. Elle soulève les hanches du lit pour avancer son sexe contre ma bouche. Je les repousse sur le matelas, colle mes lèvres sur son petit renflement et le suçote.

— Oh... oh !

Ses cuisses heurtent mes oreilles.

— Je ne sais pas, une fessée de rien du tout. Peut-être sur ton entrejambe, cette fois.

Elle s'appuie sur ses coudes, les yeux écarquillés.

— C... comment ?

Je souris.

— Comme ça, ma belle.

Je relève l'un de ses genoux près de son épaule pour qu'elle s'ouvre pour moi, puis je la frappe légèrement d'un doigt sur le clitoris.

Elle bondit, son ventre plat tremble en montant et descendant.

— Oui ! murmure-t-elle.

Je suis sur le point de recommencer, mais un son étrange me fait sursauter et me retourner, prêt à l'attaque.

— Qu'est-ce...

Le petit trocueil du champ saute sur le lit derrière moi. Je l'attrape. Il me mord la main – pas fort. Ses incisives pourraient endommager le drap de soie, mais il ne se soucie clairement pas de moi.

— Quel nuisible, *bordix* ! juré-je en essuyant mes doigts sur la couverture.

— Ne blesse pas Trocie ! s'exclame Kailani.

Cela ne prend qu'un instant pour faire taire mes réflexes, avant que j'explose de rire.

— Tu as emmené cette créature dans le vaisseau ?

— Elle a embarqué clandestinement dans le sac de fleurs. Elle est adorable, non ? C'est elle qui m'a dit que je devais sortir pour te retrouver dans la tempête.

Je glousse.

— Vraiment ?

— Oui ! Je peux la garder ?

Je récupère l'animal ronronnant et je le pose doucement

sur le sol, loin de nous. Il proteste et ressaute avec grâce près de nous.

— Je ne crois pas qu'elle sera autorisée sur Zandia, Kai, mais je vais voir ce que je peux faire.

Je reprends la créature pouvant devenir de compagnie et la repose par terre.

— Il y a des conséquences pour avoir emmené une bête vivante sur mon vaisseau sans permission, toutefois.

Kailani se redresse sur ses coudes, ses merveilleux seins glissent quand elle remue.

— Lesquelles ?

Ses yeux brillent d'intérêt.

— Je vais te montrer.

Je reviens et je soulève ses jambes fermes, en lui tenant les chevilles en direction du plafond d'une main. Je lui assène une claque sur chaque fesse.

Son cri semble bien plus dévergondé qu'issu de la douleur. Je lui en administre quelques autres. Dans cette position, son sexe est exposé entre ses cuisses et je peux aussi lui en donner dessus.

— Oh ! Aïe ! Argh !

Je continue jusqu'à ce que son derrière prenne une jolie teinte rose, puis je lui abaisse les hanches sur le matelas.

— Retourne-toi, petite guerrière. Montre-moi ces fesses rouges.

Kailani semble incertaine un instant, puis elle obéit. Elle se met sur le ventre et regarde par-dessus son épaule.

— À genoux, ma chérie.

Je lui remonte le bassin pour qu'elle soit dans la bonne position. Quand elle essaie de lever les mains, j'appuie entre ses omoplates pour qu'elle garde son torse près du lit.

— Comme ça.

Je frotte mon sexe sur son entrée humide.

— Gentille fille, murmuré-je quand elle se détend, puis je me glisse en elle.

— Hmm ! ronronne-t-elle.

Elle semble aimer que je la remplisse de nouveau.

— Tu m'acceptes comme une gentille fille, l'encensé-je.

Je lui attrape les hanches et lui donne quelques coups de reins en lui claquant les fesses avec mon bas-ventre.

Elle gémit, fort et longuement.

Cet idiot de trocueil essaie de ressauter sur le lit et Kailani glousse en le repoussant.

Mes mouvements sont lents, je fais plusieurs va-et-vient, savourant la sensation de la fraîcheur sur mon sexe chaque fois que je quitte le sien si serré avant de replonger dans sa chaleur. Je pose mon pouce sur son anus et le masse.

— Quand tu seras vraiment vilaine, je te prendrai ici, lui dis-je alors que mon érection se gonfle davantage à cette pensée.

Son orifice se contracte et palpite sous la menace.

— Khrys ! gémit-elle. S'il te plaît.

— Tu as besoin que ça aille plus vite, petite guerrière ?

— Oui, maître.

Bordix ! Je commence à reperdre le contrôle. Je lui saisis les hanches et lui donne un fort coup de reins, incapable de me retenir. Je la prends avec une telle force qu'elle doit étendre ses bras en avant pour se maintenir contre le mur. Je la contourne et caresse son clitoris gonflé.

Elle crie, ses muscles se contractent autour de ma verge.

Je ne peux en supporter plus. Je gémis et fais quelques va-et-vient, mes bourses se crispent et mes cuisses tremblent.

— Kailani ! *Bordix !*

Je fais des allers-retours, des lumières dansent devant

mes yeux, puis je jouis avec un rugissement assez fort pour remplir tout le vaisseau.

Je ne vois que du noir pendant quelques instants. Quand ma vision s'éclaircit, je distingue Kailani, haletante et remuant sous moi. Je me retire et m'effondre à côté d'elle et je l'attire dans mes bras.

— Douce petite guerrière ! J'aurais dû savoir que tu volerais mon cœur.

Chapitre Dix

K *ailani*

Le voyage pour aller sur Zandia est plus court que nous le voudrions tous les deux. Je suis nerveuse en pensant à la vie que je pourrais avoir sur cette planète avec Khrys. Il n'a pas spécifiquement dit qu'il me prendrait pour compagne, mais si on considère le plaisir qu'il m'a procuré au cours de la dernière rotation planétaire, il paraît évident que je suis sienne.

Il semble tendu à notre approche. Quand il ouvre les communications pour annoncer notre atterrissage, sa voix est profonde et concise.

— Tout va bien ? demandé-je alors que des fourmillements ressemblant à un avertissement me parcourent les bras.

Il pose habilement l'appareil – un effleurement sur le

sol –, puis il fait pivoter son siège pour me faire face. Ses yeux marron sont troublés.

— Kailani, je dois te dire quelque chose.

Les picotements m'envahissent entièrement.

— Oui ?

Mes tripes se nouent.

— La raison pour laquelle je suis venu te chercher à la vente...

Je saute sur mes pieds, la terreur s'empare de moi.

— Tu te souviens quand je t'ai parlé de l'épidémie ?

— Quoi ?

Mon esprit s'envole, j'essaie de comprendre ce que Khrys tente de me dire.

La conversation est coupée par le sifflement du descellement des portes. Je cligne des yeux devant la lumière vive qui entre depuis le tarmac. Un flot de voix et d'activité assaille mes sens. Une poignée de Zandians envahissent l'appareil.

Je récupère Trocie quand elle lance un cri d'effroi.

— Capitaine Khrys, vous devez m'accompagner, annonce l'un des gardes.

— Pourquoi sont-ils armés ?

Je suis décontenancée par la vue des guerriers en alerte nous encadrant, Khrys et moi.

— Je ne comprends pas.

Je me tourne vers celui-ci, un terrible sentiment envahit mes tripes.

— Kailani, j'ai pris ce vaisseau sans permission, et je vais devoir répondre de mes actes, mais tout va bien se passer.

Il parle rapidement pendant que les gardes de chaque côté de lui le saisissent par les bras. Il les repousse.

— Je viens de moi-même, pas la peine de me contraindre, lâche-t-il.

Je serre Trocie contre moi, elle crie de peur.

— Khrys ?

Sa voix monte dans les aigus. Elle est paniquée et tremble.

— C'est quoi, ça ? Qu'est-ce qu'il se passe ?

— Bienvenue sur Zandia.

L'un des Zandians – un commandant, semble-t-il – me regarde des pieds à la tête. Il ne paraît pas en colère – mais il n'est pas chaleureux ni accueillant.

— Capitaine Khrys, tu accompagnes Gabin pour être interrogé. Kailani, viens avec nous dans la chambre d'isolement médical. Ce n'est pas une requête.

La chambre d'isolement médical.

Ces paroles provoquent un nouvel élan de terreur à travers tout mon corps.

— Donne-lui une minute, aboie Khrys quand les guerriers à côté de lui tentent de le tirer hors du vaisseau.

Ils le font descendre la rampe et il crie par-dessus son épaule.

— Il faut y aller doucement. Elle a peur des aiguilles !

Qu'est-ce qui se passe, par la Terre ? Khrys m'a-t-il livrée ? Il m'a volée de la vente aux enchères pour m'abandonner à plus d'expériences médicales ? Je suis vraiment une idiote ! Je savais que je ne pouvais pas lui faire confiance !

Je me penche en avant pour vomir, mais rien.

— Viens, Kailani, dit le commandant.

— Je ne vais nulle part avec vous, répliqué-je au mâle qui s'adresse à moi.

Mon cœur bat la chamade. Je pose soigneusement Trocie sur un siège et je me prépare pour le combat. Je jette un œil autour de moi pour repérer mon médicament – il est de l'autre côté de la baie, hors de portée.

— Laissez. Partir. Khrys.

— Khrys doit répondre de ses actes, mais je pense qu'il sera relâché. Surtout si notre équipe médicale te trouve aussi utile que nous l'espérons.

Nous l'espérons ?

Équipe médicale ?

— Non !

Je me mets en position de combat.

— Aucune équipe médicale ne me touchera. Je n'ai pas accepté ça.

Les sourcils du commandant se froncent, mais il ne semble pas en colère. Plutôt confus.

— Nous ne te ferons aucun mal, Kailani. Khrys ne t'a pas parlé de tout ça ? Nous avons un besoin urgent de tes cellules pour vaincre le virus Z4-A qui infecte notre population de jeunes humains.

L'épidémie. C'est ce que Khrys essayait de me dire.

Mais il n'a jamais été question de m'utiliser – mes cellules ou moi – pour la guérir. Comment a-t-il pu ? Se sert-il réellement de moi comme d'un pion pour racheter sa propre liberté pour ses erreurs sur Zandia ?

De la douleur me traverse le cœur, aussi intense que ma colère.

J'attaque en sautant, donne un coup de pied au commandant et je me saisis presque de l'épée à sa ceinture. En un éclair, les mouvements sont flous, les puissants guerriers zandians m'ont maîtrisée. Je hurle de rage.

— Emmenez-la dans l'aile médicale, ordonne l'officier. Bayla pourra la calmer là-bas.

— Je ne vais nulle part ! crié-je en remuant et en me tordant sous leur emprise sans parvenir à me libérer. Lâchez-moi !

Ils me sortent du vaisseau.

— Docteur Daneth, dit le commandant d'un ton pincé. La patiente n'est pas coopérative. Nous allons avoir besoin d'un sédatif pour éviter qu'elle se blesse elle-même.

Au loin, je vois Khrys se retourner de là où il est escorté.

— Kailani ! Laissez-la partir !

Il semble alarmé. Il se libère et sprinte vers nous, mais quelques instants plus tard, il est plaqué au sol.

— *Bordix*, Khrys ! crié-je en utilisant son juron. Tu m'as vendue ! Je te déteste ! Je ne te pardonnerai jamais !

Quand il est hissé pour être remis sur ses pieds, il ne retente rien pour se délivrer, mais il ne les autorise pas non plus à l'emmener. Il se tient là, il me regarde dispenser des coups de pied et me débattre, l'angoisse entache son visage habituellement impassible.

— Pas d'aile médicale, pas d'aile médicale, psalmodié-je quand ils me propulsent en avant.

Personne ne m'a fait du mal, mais je ne parviens pas à me libérer de leur emprise.

— Ils doivent s'assurer que tu es en bonne santé, semble dire l'un d'eux.

— Et t'isoler pour ta propre protection avant ton don, dit un autre. Le médecin doit te garder dans un environnement stérile avant toute procédure chirurgicale.

— L'équipe médicale a hâte d'extraire tes cellules. Ton cadeau pourrait être la réponse que nous attendons.

Des larmes me montent aux yeux. Plus d'expérience ! Plus d'opérations !

Maintenant, ça me semble tellement pire depuis que j'ai goûté à la liberté ! Je croyais que c'était derrière moi. Que je verrais des chutes d'eau et que je pourrais gérer mes médicaments.

Mais je ne suis pas mon propre maître. Je suis de retour

en captivité, un amas de chair possédé par d'autres, sujet à leur bon vouloir et à leurs désirs.

Je fais une nouvelle tentative pour retrouver ma liberté, je combats les deux Zandians qui me retiennent avant de finir au sol avec l'un d'entre eux assis sur moi.

— Enlève-toi d'elle ou je te coupe la tête ! rugit un Khrys furieux.

Il porte une épée sur la gorge du Zandian en cause. Gabin, le guerrier qui le maintenait auparavant, est debout derrière lui, comme s'il voulait autoriser son intervention.

Le garde se retire lentement.

— Je suis simplement les ordres, capitaine. J'ai essayé de ne pas la blesser.

— Je n'ai pas mal, rétorqué-je avec une rage qui m'empêche de ressentir quoi que ce soit d'autre.

— Parle-lui, conseille Gabin. Vois si tu peux la calmer.

— Kailani... je suis désolé. J'aurais dû en discuter avec toi avant l'atterrissage. Nous avons des jeunes qui sont malades. Ton corps porte en lui la clé pour leur permettre de vivre, me supplie-t-il. Nous avons uniquement besoin d'un peu de sang et de moelle osseuse...

Je le gifle aussi fort que possible.

Il m'a trahie. Il m'a trahie, merde !

Ma respiration s'accélère et contient d'étranges sanglots. Des parasites noirs et jaunes dansent devant mes yeux.

— Ils ne te feront pas de mal. Il leur faut juste des échantillons. Après...

— Non, murmuré-je en reculant. Pas d'échantillon. Je ne peux pas. Tu le sais !

Je m'accroupis et vomis.

— Emmenez-la, maintenant, ordonne le commandant. Elle a besoin d'aide.

— Laissez-moi la conduire, supplie Khrys.

Mais Gabin lui saisit le bras.

— Tu empires les choses, dit-il.

Les deux guerriers me prennent et me tirent par les membres.

— Tu iras bien très bientôt, promet l'un d'eux. Viens voir le docteur Daneth.

Il dit cela comme si ça devait m'apporter du réconfort. Mais je m'évanouis presque sous la panique. Je commence à être en hyperventilation. Le goût du vomi est âcre dans ma bouche.

L'un des soldats passe en tenant Trocie entre son pouce et son majeur loin de lui comme si elle était une maladie.

Je crie.

— Ne lui fais pas de mal, hurlé-je. Elle est à moi ! À moi ! S'il te plaît.

Je m'effondre complètement, mes pieds se traînent comme une poupée de chiffon. Un Zandian me soulève dans ses bras même si c'est sans passion.

— Dépêche, dit-il à son compagnon. Elle est précieuse pour Zandia. Nous devons l'emmener chez le médecin immédiatement.

La dernière chose dont je me souvienne avant que tout vire au noir est le son de mon souffle hoquetant et la douleur de ma migraine faisant exploser mon crâne en milliers de morceaux.

Chapitre Onze

K *hrys*

Je n'ai jamais eu mal comme ça auparavant – pas même quand mon frère est mort. Tout ce qu'ils disent sur les femmes humaines est vrai. Elles activent les émotions en nous. Elles ramènent à la vie. Elles nous rendent vulnérables à ce mal au cœur pouvant nous anéantir.

Parce que Kailani – la belle, forte et douce femelle que j'ai juré de protéger – pense que je l'ai trahie.

Bordix !

Je l'ai trahie. Par ma propre idiotie, parce que je ne lui ai pas expliqué la situation. J'ai mis tout ça de côté, je voulais gagner sa confiance, pour la lier à moi. Mais j'aurais dû le lui dire avant d'atterrir. À la place, je n'ai cessé de la prendre, oubliant ce qui était en jeu.

Zandia.

Sauf que ça ne semble pas juste.

Pas Zandia – *Kailani*.

Par les étoiles, oui ! C'est vrai. Cette femelle a plus d'importance pour moi que mon honneur. Les métis malades passent après. Si je m'étais mieux tenu, ce ne serait pas un choix. Si j'avais réussi à persuader Kailani de nous aider avant d'arriver.

Bordix, tout ça ! C'est ma plus grande erreur de toutes.

Gabin me guide vers la salle d'interrogatoire et s'assoit avec moi.

— Tu dois attendre le conseil, je crois.

Devant mon absence de réponse, il dit :

— Je suis désolé, mon ami.

Je secoue la tête.

— Non, je mérite plus encore. Plus que tout ça. Ma compagne…

Les sourcils de Gabin se relèvent.

— Tu l'as prise pour partenaire ? Sans permission ? Je n'ai vu aucun piercing.

J'enfouis mon visage entre mes mains.

— Pas officiellement. Mais je l'ai réclamée, Gabin. Elle me faisait confiance. Et pour l'instant, elle est seule et effrayée pendant que moi, je suis dans cette cellule à attendre d'être interrogé, incapable de faire quoi que ce soit.

Gabin secoue la tête.

— Je n'ai pas eu l'impression qu'elle désirait ta présence.

Le terrible poids sur ma poitrine s'alourdit encore.

— *Bordix !* Je sais. Je ne lui ai jamais dit ce que nous espérions d'elle. Elle a été traumatisée par ses anciens maîtres. Elle déteste les médecins, les aiguilles et les chirurgies. Je n'avais pas envie de l'effrayer. Je pensais gagner sa confiance d'abord. Mais j'ai seulement empiré les choses.

— Ce n'est pas vrai ! dit Gabin.

Je sais toutefois que ce n'est que par amitié.

— J'ai besoin d'être avec elle. Même si elle ne veut pas de moi. Nous nous sommes liés.

Le communicateur au poignet de mon ami s'illumine.

— Emmenez le capitaine Khrys en cellule de détention. Le roi ne souhaite pas le voir avant que l'humaine ait été évaluée.

Je me relève.

— Non ! crié-je. C'est trop tard ! Maître Seke, ma compagne est réellement en détresse. Au point où nous en sommes, elle ne veut pas donner d'échantillons. On va la forcer ? Nous allons la traiter aussi mal que le reste de la galaxie le fait avec son espèce ?

Le holo de Seke se retourne pour me regarder.

— Capitaine, sa réticence est exactement la raison pour laquelle tu pars en détention. Ta méthode pour l'extraire n'était peut-être pas honorable. Nous avons besoin de toutes les informations avant de prendre des mesures.

Je jure et je retombe dans ma chaise.

Puis je réalise quelque chose de terrible.

— Il lui faut ses médicaments, rétorqué-je. Celui pour lequel nous sommes allés cueillir des fleurs sur Dentron. Si elle n'a pas sa dose, elle souffre horriblement.

— Où se trouve-t-il ? demande froidement maître Seke.

— Sur le vaisseau. Je dois aller le chercher tout de suite.

Je franchis la porte en courant, sans permission.

* * *

Kailani

Je me réveille en plein cauchemar. Deux êtres sont au-dessus de moi, m'examinant avec une grande attention, l'un est zandian, l'autre une femelle humaine.

— Ses signes vitaux sont forts et elle n'a aucun agent pathogène, affirme le mâle. Mais son taux d'adrénaline est haut et son cortisol est dangereusement élevé. Elle va devoir se reposer et se détendre avant qu'on commence les tests. Il faut qu'ils reviennent à la normale d'abord.

Il semble mécontent.

Quand je les revois distinctement, je réalise qu'il tient une seringue.

Je crie et fais des mouvements brusques.

L'humaine tressaille sous la surprise, mais le Zandian ne réagit pas. Son ton est froid.

— Elle est réveillée, dit-il à sa collègue.

Il pose l'instrument sur un plateau brillant.

— Calme-la, s'il te plaît, ordonne-t-il.

Tout mon corps commence à trembler. Je parviens difficilement à m'asseoir.

— Non, dis-je péniblement. Éloignez-vous de moi.

La seringue luit sous la lumière.

La voix de l'humaine est douce et aimable.

— Nous ne te ferons aucun mal, Kailani. Nous allons te donner quelque chose pour t'aider à te détendre.

Je suis confuse que ce soit une femelle de mon espèce qui travaille sur moi. Elle a manifestement une certaine position de pouvoir.

— Où est mon trocueil ?

J'ignore pourquoi je m'enquiers de l'animal. Peut-être parce qu'avec la trahison de Khrys, la petite bête à fourrure est le seul être en qui je puisse avoir confiance.

— Ton quoi ?

L'humaine cligne des yeux, les sourcils relevés d'un air interrogateur.

— Une créature que j'ai trouvée. Elle était sur le vaisseau avec moi.

— Je suis désolée, je n'en ai pas entendu parler.

Elle me tend un tube de fluides.

— Tu veux bien boire ça ? Tu dois te réhydrater.

J'ignore le liquide.

— Ils ne lui ont pas fait de mal, hein ?

J'ai l'impression d'avoir du plomb dans l'estomac.

La douleur commence à résonner dans mon crâne.

Le médecin avance d'un pas, l'aiguille prête dans sa main gantée.

— Non ! Ne me touche pas.

Ma voix est enrouée par la panique. Je n'ai pas le sentiment d'être attachée, mais je suis étourdie et nauséeuse. Ma migraine arrive rapidement.

Je regarde autour de moi pour chercher un moyen de m'échapper. Je suis dans une petite pièce qui est principalement blanc et argenté – elle ressemble à une aile médicale. La porte est sécurisée et la fenêtre, même si elle est ouverte, ne semble pas accessible.

Je saute au bas de la table d'examen en m'accroupissant.

— Je ne veux pas vous faire de mal, mais je n'hésiterai pas, les avertis-je.

Le Zandian s'interpose immédiatement devant la femelle aux cheveux bruns.

— Tu ne feras pas ça, rétorque-t-il.

— Tout va bien se passer.

La femme semble si gentille ! Elle touche le bras du Zandian dans un geste qui paraît plus intime qu'une relation entre un esclave et un maître ou entre un employé et son chef.

— C'est normal que tu sois désorientée au cours de ta première rotation planétaire sur cette planète. Plusieurs humains ont ce genre de réaction. Mais tu es sur Zandia, maintenant. Tu es en sécurité.

Je jette un œil vers la seringue et la panique jaillit à nouveau.

— Laissez-moi sortir d'ici. Vous devez m'autoriser à partir. Je ne vous permettrai pas de faire des expériences sur moi.

Un tremblement terrible commence à parcourir mes membres. Je donne un coup de pied pour que le Zandian lâche l'aiguille. Du moins, c'est ce que je tente, mais il fait rapidement un pas de côté et referme un bras autour de ma poitrine.

— Je vais lui administrer un sédatif. Elle est trop agitée pour qu'on raisonne avec elle. On réessayera plus tard, dit-il à son assistante.

— Non ! crié-je.

Je le frappe avec mon coude et je parviens presque à me libérer.

— Arrête ! rugit Khrys en apparaissant dans l'embrasure de la porte. Lâche-la !

Le médecin ne desserre pas sa prise, mais il parle au nouveau venu d'un ton égal.

— Tu ne donnes pas d'ordre dans mon labo, capitaine.

— Elle a besoin de ses médicaments. Vous ne voyez pas qu'elle subit les affres de la douleur ?

Je réalise alors qu'il tient la boîte avec mes doses. Malgré ma fureur contre lui, cela produit une réponse immédiate de mon organisme. Du soulagement. Et un désir désespéré. Celui de tout faire pour qu'il puisse apaiser mes migraines.

Je me précipite vers lui et il tâtonne pour déboucher le

couvercle et sortir le compte-gouttes. J'entrouvre les lèvres et il les fait tomber sur ma langue.

— Viens avec moi ! ordonne Khrys en attrapant ma main.

— Non ! aboie le médecin. Elle n'a pas les autorisations pour partir...

— Docteur Daneth, je sais ce qui est en jeu ici, mais ma compagne est effrayée et ne veut pas vous prêter assistance pour le moment, et j'insiste pour qu'elle soit remise à mes soins pour son bien-être émotionnel.

Je cligne des yeux, les élancements dans ma tête commencent à s'atténuer. Mon esprit embrouillé par la douleur s'arrête sur plusieurs parties de sa phrase en même temps. *Ma compagne. Ne veut pas vous prêter assistance. Bien-être émotionnel.*

Je retire ma main de son emprise et le gifle fort. Il ne cherche pas à l'éviter ou la parer, il l'accepte, affichant ses regrets.

— Capitaine Khrys, vous êtes de toute évidence responsable de sa contrariété, mentionne le docteur Daneth.

— Non, il ne l'est pas. C'est vous, crié-je au médecin.

Pour une raison quelconque – bien que je sois aussi en colère contre Khrys –, j'éprouve le besoin de le défendre.

— Vous l'êtes tous.

Je fusille du regard chaque être dans la pièce.

— Mais vous n'avez pas intérêt à blesser Khrys, ajouté-je. Si quelqu'un doit le faire, ce sera moi.

Je le gifle une fois de plus pour faire bonne mesure.

— Comme ça !

Le médecin émet un son qui pourrait être un bruit d'irritation.

— C'est très irrégulier et inapproprié.

Il regarde Bayla, puis moi.

— Tu dois te calmer, après, nous pourrons procéder.

— Docteur Daneth, intervient Khrys avec une voix ferme et convaincante, tu as raison, elle est en colère contre moi et elle en a tous les droits. J'aimerais quand même avoir la possibilité de lui expliquer la situation. L'aider à comprendre ce qui est en jeu.

Il croise le regard du médecin.

— Je ne pense pas qu'elle soit capable de s'apaiser avant de savoir qu'elle est en sécurité. Je peux être utile.

Même si je suis plus que furieuse contre Khrys, être auprès de lui me calme étrangement. Je suis soulagée qu'il aille bien. Quand ils me l'ont enlevé, j'étais si terrifiée pour lui...

Je prends une grande inspiration.

Le bracelet à mon bras bipe. L'une des lumières rouges vire au jaune. Une autre commence à clignoter en vert.

— Intéressant.

Le médecin examine mon poignet.

— Il semblerait bien qu'être auprès de lui améliore ses fonctions vitales.

Il fronce les sourcils. Bayla se rapproche et me fixe dans les yeux.

— Veux-tu partir avec le capitaine Khrys, Kailani ?

J'acquiesce.

Elle se tourne vers le docteur. Ils donnent l'impression de converser sans échanger le moindre mot. Elle penche la tête ; il opine du chef.

— Très bien, accepte le soignant en croisant les bras. Tu peux quitter l'aile médicale pour une brève période.

Il me touche le poignet et regarde Khrys.

— Mais si elles virent au rouge, tu dois la ramener pour sa propre sécurité.

Je l'ignore et prends rapidement la main du capitaine.

— Allons-y.

Je franchis la porte avant lui. À l'instant où nous sortons du laboratoire, je commence à courir. Khrys ne me lâche pas, sa poigne demeure ferme et je garde le rythme.

Nous sommes dans une sorte de bâtiment avec un sol de marbre – plus beau et dispendieux que tout ce que j'ai pu voir. Il ne ressemble en rien aux autres immeubles à usage médical que j'ai pu connaître.

— Par ici.

Khrys me tire dans un couloir et passe ensuite une porte. On jaillit à l'extérieur et je me redresse, je bats des paupières dans la lumière de l'après-midi.

— On part où ?

— Où tu veux, petite guerrière, répond-il calmement. Aux chutes. Chez moi. Quelque part dans l'espace. Tu as le choix, il faut juste que tu saches que tu ne seras pas seule. Où tu vas, je vais. Tu es ma compagne.

Je me tourne pour être face à lui, les yeux remplis de larmes.

— Khrys, tu peux m'expliquer ?

De la culpabilité et des regrets s'affichent sur ses traits.

— Allons voir les chutes et je te raconterai tout. Je suis désolé, Kailani. Vraiment. Je n'ai jamais voulu que les choses se passent comme ça.

— C'est dans quelle direction ?

L'une de mes larmes s'échappe, chaude et rapide.

Il prend mon visage entre ses mains et l'essuie avec son pouce.

— Viens avec moi. S'il te plaît. Je vais tout te raconter.

J'acquiesce, une seconde larme coule sur ma joue. Quel choix j'ai ? C'est Khrys ou cette horrible aile médicale derrière nous. Même si j'ai envie de lui donner un coup de pied dans les noix, je le préfère à n'importe quel médecin.

Ou à n'importe quel être.

— Et Trocie ? demandé-je en me souvenant de la seule autre créature qui semble se soucier de moi pour l'instant.

Khrys s'arrête sous la surprise.

— On va la récupérer aussi. D'accord ? Je pourrais finir dans les donjons pour ça, mais...

— Mais quoi ?

Je lève la tête et essaie de comprendre.

— C'est toi qui m'importes.

Chapitre Douze

K *hrys*

Je prends la main de Kailani et la guide vers ma capsule, que je conduis jusque dans la clairière au-dessus de la chute. Je semble avoir de la chance – aucun autre appareil n'est garé dans le coin. Nous allons avoir les grottes pour nous.

Elle me regarde d'un air inquiet. J'ai perdu sa confiance et ce ne sera pas facile de la récupérer. Elle doit croire que je veux la piéger.

— Viens. Tu vas aimer, lui assuré-je en lui saisissant la main et en partant au pas de course vers le site.

Elle court à mes côtés, elle accélère en entendant le son de l'eau.

Nous contournons l'endroit où les chutes jumelles cascadent sur les cristaux zandians, projetant des arcs-en-ciel dans toutes les directions. Kailani s'arrête, bouche bée.

— Oh ! C'est magnifique !

Je lui serre les doigts, reconnaissant qu'elle ne les retire pas.

— L'eau est tiède. L'une des deux est chaude, l'autre froide, alors la piscine à leur base est à la bonne température.

J'enlève mes vêtements.

Je suis conscient que nous avons besoin de parler, mais je ferais tout pour lui montrer quelque chose d'agréable pour l'instant. Quelque chose de beau.

Elle se mord la joue, puis retire aussi les siens.

— Tu sais nager ?

Elle me répond en sautant dans l'eau avant moi. Je souris et la suis. Elle est une nageuse fantastique. Elle se dirige directement vers les chutes, plongeant dessous avant de réapparaître le sourire aux lèvres.

Je n'ai pas autant de talent. J'ai passé la moitié de ma vie dans l'espace, m'entraînant dans la capsule royale après la perte de notre planète. Nous n'avions pas l'occasion de nous baigner, là-bas, mais mes muscles se souviennent toujours de la façon de flotter et d'avancer dans l'onde. Je suis la forme lisse de Kailani sous la chute. Elle nage en apnée et découvre la mousse secrète sur les corniches en dessous.

— Alors, tu n'as pas menti pour les chutes, dit-elle à contrecœur en sortant de l'eau pour examiner le mur de cristal.

Mes cornes se redressent à la vue de son corps complètement nu, mais je repousse mon désir.

— Je ne t'ai pas menti. Les Zandians disent toujours la vérité.

Je la suis hors de la piscine et m'assois sur une parcelle de mousse douce.

Elle se retourne, de la colère et de la douleur entachent son adorable visage.

— Tu as omis quoi, alors ?

J'essaie de déglutir malgré l'étau qui enserre ma gorge.

— Le virus Z4-A a infecté notre planète. Pas les Zandians, mais les humains, plus faibles. Et plusieurs de nos jeunes – les métis sur lesquels nous comptons pour garder notre espèce en vie, y compris la fille de notre roi, Kaylar. Certains en sont déjà morts.

Elle se fige et se tend.

— Je vois.

— Quand j'ai lu ton dossier, j'ai espéré que ta résistance modifiée aux maladies pourrait nous apporter des réponses. Pour soigner les enfants.

— Et tu as pensé que tu pourrais être un héros et sauver les tiens en m'amenant ici.

Je me frotte le visage.

— *Bordix*, Kailani ! C'était mon plan, oui. Avant de te connaître. Et ensuite, j'ai compris à quel point tu es traumatisée. À quel point tu détestes les aiguilles et les médecins. Je me suis tenu en retrait exprès. Je n'avais nullement l'intention de t'effrayer. Mais j'aurais dû tout te dire. Et je suis désolé – terriblement – pour la manière dont ils se sont emparés de toi. Je n'ai jamais voulu ça. J'ai envie de tous leur arracher la tête, *bordix* !

Elle vient s'asseoir à côté de moi. Une certaine tension quitte son visage. Je doute d'avoir obtenu son pardon, mais peut-être qu'elle n'est plus aussi en colère qu'auparavant.

— Ils m'ont mis en détention parce que je n'ai pas demandé la permission de partir en mission. Je dois rendre des comptes à ce sujet. J'ai été idiot. J'imagine que je m'attendais à un atterrissage un peu plus festif. Moi, le héros...

toi, l'héroïne. À la place, on a tous les deux été traînés comme des prisonniers.

Elle m'examine.

— Alors, il se passera quoi, maintenant ?

Je hausse les épaules.

— Tu n'as aucune obligation. Je ne les laisserai pas te toucher, d'accord ? Si tu veux que je vole un autre vaisseau pour t'emmener ailleurs, je le ferai. Mais je t'en supplie, donne une chance à Zandia. Pas à moi – tu n'auras pas à me parler ou à me revoir si tu n'en as pas envie. Mais je ne t'ai pas menti quand j'ai affirmé que Zandia est un endroit sûr pour les humains. Tu pourrais te faire des amis, ici. Avoir une vie.

Elle cligne des yeux en me regardant. Sa peau dorée rougit un peu.

— Tu as dit que je suis ta compagne, quand on était dans l'aile médicale.

Mes cornes se raidissent et s'inclinent dans sa direction. J'essaie de déglutir.

— Je te veux pour compagne, oui. Si tu en as envie aussi.

Elle ne répond pas.

— Mais ce genre de lien doit être approuvé par le roi. J'ignore si on m'accordera ce privilège.

Je récupère l'un des petits cristaux sur le rebord et le fais rouler entre mes doigts.

— Surtout si je n'aide pas les médecins, c'est ça ?

— Je n'en suis pas sûr, avoué-je.

— Tu t'es mis encore plus dans le pétrin en me sortant de là ?

Je hausse les épaules.

— Possible. Je m'en moque. Tu avais peur et tu étais seule. Je ne pouvais pas rester assis et obéir aux ordres alors que tu souffrais.

— Tu n'es pas idiot, dit-elle en se relevant.

J'ai l'impression qu'une pierre s'enfonce dans mes tripes.

— D'accord, acquiescé-je. Merci.

Elle passe une jambe par-dessus moi et chevauche mes cuisses.

J'ai le souffle coupé. Mes cornes sont dures comme le roc. Je pose les mains sur son derrière et l'attire au-dessus de mon érection tout en réclamant sa bouche.

— *Bordix*, Kailani !

Elle frotte son sexe humide sur le mien en remuant sur mes genoux. Quand elle se saisit de ma verge et la guide en elle, je ne prends pas la peine de retenir mon grognement de satisfaction. Je lui mordille le cou et lui suçote un mamelon. Puis je m'empare de ses fesses pour abaisser ses hanches sur les miennes. Ses superbes seins rebondissent devant mon visage. Elle m'enserre de ses bras minces et pose ses lèvres sur l'une de mes cornes.

Je rugis de plaisir, en attirant son bassin pour qu'il épouse le mien. Je jouis presque.

— Par les étoiles, Kailani ! Si tu recommences, ce sera terminé bien trop tôt.

Son rire est rauque.

— Vraiment ?

Elle prend toute mon excroissance dans sa bouche, sa langue tournoie autour. Elle la suce fort. Mes cuisses tremblent. Mes bourses se contractent.

— Kailani ! dis-je d'un ton étouffé.

Elle lâche la corne, je grogne en l'empalant avec mon érection et je la tire sur moi en la faisant rebondir rapidement. Elle agite sa jolie langue de velours autour de la seconde.

— *Bordix, bordix, bordix !* gémis-je. Je ne pourrai pas me retenir plus longtemps.

— Hmm ! acquiesce-t-elle, mon membre sensible toujours en bouche.

Je n'en peux plus. Je la pose sur le dos en me servant de la mousse comme matelas et je plonge en elle comme si ma vie en dépendait.

Sa tête part en arrière de plaisir.

— Oui, Khrys. Oui !

Je n'ai jamais été aussi heureux d'entendre ces mots. *Bordix*, je pensais avoir perdu ma compagne pour toujours et maintenant, elle crie mon nom pendant que je lui donne des coups de reins. Par la véritable étoile de Zandia, je me moque que mon honneur soit restauré ! Voilà ce qui importe. Ma place est ici.

Je me force à ralentir autant que possible. Je me penche vers elle pour jouer avec ses mamelons avec ma langue.

Elle gémit et enserre mes cornes, ce qui me pousse à reprendre de la vigueur.

— Petite guerrière, murmuré-je. J'ai tellement besoin de toi. Je t'aime, Kailani.

Elle crie de surprise, referme ses jambes derrière mon dos et m'attire plus contre elle. Ses yeux brillent de larmes.

— Je t'aime, maître Khrys. Mon compagnon.

Son compagnon.

Bordix !

Je suis perdu.

Je prends appui sur une main dans la mousse pour m'enfoncer en elle, je pose mon front contre le sien, nos souffles s'entremêlent. Pendant un instant, le temps est suspendu. Nous sommes tous les deux en extase – dans un équilibre parfait entre l'amour, la passion et le désir. Tout est merveilleux. Puis la passion surpasse les autres et je lui assène des coups de reins plus puissants, lui faisant crier mon nom jusqu'à ce que sa voix soit rauque et que nous tombions tous les deux dans le précipice de la satisfaction.

Son sexe se resserre sur le mien, récupérant ma semence arc-en-ciel. J'embrasse son visage, ses paupières et ses doux cheveux de soie.

— Je t'aime, Kailani, murmuré-je en sachant sans l'ombre d'un doute que c'est vrai. Je t'aime.

L'amour est plus une expression humaine, ce n'est pas une émotion que je m'attendais à connaître un jour.

Elle lève sa petite main et me caresse la joue.

— Je t'aime, aussi.

Je m'effondre à côté d'elle et nous nous allongeons en cuiller en regardant la chute et la myriade d'arcs-en-ciel dans la grotte. Je cherche et déniche un autre fragment parfait et je le lui donne.

— Ce sont eux qui nourrissent votre corps ?

— Oui. Le cristal zandian. Il est utilisé dans l'énergie laser et peut être trouvé seulement sur Zandia, c'est ce qui nous rend si riches. C'est aussi pour ça que notre espèce est au bord de l'extinction.

— Quand ta planète a été envahie.

— Exact, quand j'étais jeune.

— Et ton frère est mort en la récupérant.

— Oui.

Des voix se font entendre par-dessus le bruit des chutes – un rire d'enfant et l'appel d'une mère.

— Oups !

Kailani se relève.

Je m'esclaffe, la pousse à nouveau dans l'eau et la suis tout de suite.

* * *

Kailani

Nous plongeons sous la chute. Khrys nage pour récupérer nos vêtements pendant que je reste en arrière pour regarder le groupe sur la rive de la piscine cristalline. C'est une famille mixte, trois mâles zandians avec une humaine et des jumeaux – ces derniers sont une combinaison des deux espèces, ils ont peut-être trois cycles solaires – faisant des éclaboussures dans des eaux peu profondes. Ce spectacle m'est complètement étranger.

La femelle paraît être libre, en effet. Elle est assise sur une couverture à même le sol, mangeant quelque chose dans un contenant en argent avec deux des Zandians pendant que le troisième est au bord du lac, supervisant les enfants. Elle se repose nonchalamment. Elle affiche un sourire. J'ignore ce qu'elle déguste, mais ça semble être de la véritable nourriture – pas les gels que j'ai consommés dans l'espace ou les barres protéinées que me donnaient les Kraas.

Mon ventre gargouille soudainement.

Khrys sort de l'eau, merveilleusement non intimidé par sa nudité, et il fait signe à la famille. Ils lui répondent de la même manière. Je contemple ses muscles qui ondulent quand il remet ses vêtements avant de récupérer les miens. Il avance ensuite sur la rive dans ma direction. Je nage et remonte sur la berge. Je retire les gouttes et me cache de la vue des autres derrière son corps imposant pendant que je m'habille.

— Qui sont-ils ? demandé-je en regardant derrière lui, fascinée par le spectacle.

Ils semblent heureux. Je n'ai jamais rencontré d'êtres l'étant autant auparavant. En particulier des humains.

— Une famille zandianne. Viens, je vais te présenter.

— Des amis à toi ?

— Zandia est petite. Ce ne sont pas des connaissances à moi, mais je les reconnais.

Khrys me tend mes chaussures et je les enfile. Il prend ma main dans la sienne et nous avançons vers la couverture.

Les inconnus se redressent pour nous saluer. Dans la piscine, l'autre Zandian récupère les enfants et les ramène vers nous.

— Bonjour.

Khrys lève son bras avec son coude plié à quatre-vingt-dix degrés. Les Zandians reproduisent le geste.

— Je vous présente Kailani. Elle est arrivée sur Zandia au cours de cette rotation planétaire.

— Moi, c'est Riya.

Cette dernière me surprend en parlant pour le groupe. J'essaie d'empêcher mes yeux de sortir de ma tête.

— Et voici mes compagnons, Jax, Tarren et Ronan, ajoute-t-elle.

— Ils sont tous les trois liés à toi ?

Son sourire est presque sulfureux.

— Les femelles humaines ont de la chance sur Zandia.

Elle effleure d'un doigt les abdominaux de Tarren, le Zandian sans chemise qui était près de l'eau avec les petits. Il est grand et son visage est sévèrement balafré. Je le trouverais effrayant, sans la manière familière et presque possessive avec laquelle elle le touche.

— On peut en avoir plus d'un. Ils ont un besoin vital d'accroître leur population et de répandre leurs gènes.

Elle caresse la tête de ses enfants. Les deux petits ont une peau plus claire – quelque part entre le violet pastel des Zandians et le teint de l'humaine, avec de minuscules cornes sur le dessus du crâne.

— Voici Tarrian et Rylan, nos bébés.

— Je veux retourner dans l'eau, implore l'un des jeunes en tirant le bras de son père.

— Je t'y emmène, offre Jax. On fait la course jusqu'au bord.

Ils filent tous les trois, l'adulte avance facilement au pas de course pendant que les garçons agitent leurs jambes vigoureusement.

Je les observe, fascinée.

— Tu as faim ? Mes compagnons ont apporté assez à manger pour tout Zandia.

— Enfin, les enfants ont besoin de manger à une vitesse affolante, explique Ronan. Affolante pour nous, du moins. Au moment où on commençait à s'habituer à la quantité qu'une humaine adulte doit ingurgiter, on a dû apprendre à ne jamais laisser le taux de sucre baisser.

— Ils mangent beaucoup ?

Khrys semble surpris. Il m'examine avec un petit regard et je me retrouve à rougir en imaginant ses pensées.

— J'adorerais goûter, avoué-je.

— Assois-toi, m'invite-t-elle.

Nous nous installons tous sur la couverture. Elle ouvre les boîtes en métal et les place devant moi.

— Ce sont des tomates de notre héritage, originaires de la Terre. La compagne du roi Zander, Lamira, était esclave dans une ferme agricole, avant, et elle a montré aux Zandians comment faire des cultures puisque la population humaine a besoin d'aliments physiques.

Je mets l'un des fruits rouges dans ma bouche et il explose de jus et de saveurs.

— Hmm ! gémis-je. Par notre douce Terre, je n'ai jamais goûté quelque chose d'aussi bon de ma vie !

Khrys prend une sorte de baie et la porte à mes lèvres, désirant me nourrir.

— Tu as essayé les citronnoises ? Elles ne proviennent pas de votre planète d'origine, mais elles sont succulentes.

Je soutiens son regard en m'en emparant, savourant cet instant, brillant et irréel.

C'est un genre de pain moelleux et je le porte à ma bouche. Je gémis tellement j'aime sa saveur et sa texture. Pendant un moment, je ne fais que manger, assimilant la merveilleuse scène dans laquelle je me trouve – le goût incroyable, la décontraction, la conversation amicale, le rire des enfants et les éclaboussures de l'eau.

— Tes petits sont en bonne santé ? demande Khrys à Tarren.

L'énorme mâle secoue la tête.

— Ils ont tous les deux été diagnostiqués, mais ils n'ont encore aucun symptôme. Nous avons pris la décision de continuer comme si tout était normal jusqu'à ce que ça ne soit plus le cas.

Mon regard file vers le visage de Riya et je repère des expressions que je n'avais pas remarquées auparavant.

— Ils ont le... virus Z4-A ? demandé-je en essayant de déglutir. Celle affectant vos petits ?

Je jette un œil à Khrys et il acquiesce.

Contre toute attente, j'éclate en sanglots.

— Kailani.

Mon guerrier semble inquiet. Il m'attire sur ses genoux.

Je secoue la tête.

— Je vais bien. Je ne sais pas pourquoi je pleure.

Je ne suis pas triste pour les enfants, mais parce que j'ai déjà pris ma décision. Si j'ai les moyens de sauver ces êtres adorables, je le ferai sans hésiter. C'est plus un soulagement – après toutes les peurs et tous les traumas de mon passé. En raison de la beauté devant moi. De la gentillesse et de l'ouverture de cette merveilleuse famille mixte.

— Tu n'as pas à faire ça. Ni quoi que ce soit, murmure Khrys en interprétant mal mes larmes.

— Faire quoi ? demande Riya.

— Tu n'es pas obligée, m'apaise Khrys. Je ne les laisserai pas faire.

— Qu'est-ce qu'il y a ? Il y a un souci ? s'inquiète Riya.

— Non, tout va bien.

J'émets un petit rire entre mes larmes.

— Je peux le faire. Je vais le faire tout de suite.

Je me relève. Auparavant, je me sentais comme une victime – comme si c'était quelque chose qu'on m'imposait. Maintenant, je vois que c'est mon choix. Et c'est toute la différence. Je ne suis pas lâche et j'ai enduré les pires douleurs. Je sais que je peux en supporter un peu plus.

— Je vais le faire. On y retourne.

Khrys se relève.

— Tu es sûre ?

J'acquiesce.

— Certaine.

Chapitre Treize

K *ailani*

— Je veux faire les dons. Je vais vous fournir mon sang et mes cellules.

Je serre bien fort la main de Khrys, mais ma voix ne tremble pas.

— Khrys m'a persuadée et grâce à lui, je... m'offre à vous.

Cette fois, elle craque. Mais je relève le menton et regarde le déploiement de Zandians devant moi, des guerriers et des êtres importants. Le roi.

— Je vous implore en retour de lui pardonner ses actes. Je vous donnerai du sang quand vous en aurez besoin.

J'espère que je n'en fais pas trop, mais je souhaite les convaincre de libérer Khrys – et de nous autoriser à être ensemble.

Puis j'effectue une révérence, comme j'ai vu mon compagnon le faire aux chutes d'eau avec la famille qui s'y trouvait, montrant une attitude respectueuse au monarque. À côté de moi, mon guerrier zandian effectue le geste de salutation avec son bras et s'incline à son tour.

Pendant que nous attendons notre sentence, je jette un regard à mon guerrier zandian. Son beau visage, si plein d'inquiétude mais également d'amour, me fait fondre.

— Je t'aime, quoi qu'il se passe, murmuré-je. Tu es mon compagnon.

— T'a-t-elle appelée son compagnon, capitaine Khrys ?

Le roi, dont l'audition est de toute évidence aussi bonne que la mienne, se rapproche. Sa voix n'est pas cruelle, mais je ne veux pas qu'il soit en colère contre moi. Il semble avoir du pouvoir et être habitué à le manier quand nécessaire.

Khrys se lève.

— Oui, répond-il. Je ne lui ai pas encore fait les piercings, mais je l'ai réclamée dans le vaisseau. J'ai l'intention de demander la permission de la prendre officiellement pour compagne et de prendre soin d'elle pour le restant de notre vie.

Il met un bras autour de moi.

— Et si tu m'en donnes la possibilité, je servirai Zandia de tout mon cœur, au mieux de mes capacités, ajoute-t-il.

Je remarque que la voix de Khrys a perdu une partie du poids et de la tension qu'elle contenait, même pendant nos bons moments ensemble. Il semble plus confiant et audacieux, moins à cran et triste.

Je pense que le roi le relève aussi, parce qu'il penche la tête et examine soigneusement son capitaine.

— Et je vais réellement vous donner le meilleur sang possible, la moelle osseuse et tout ce qu'il vous faut, ajouté-je rapidement en glissant un bras autour de lui. Parce que mon adrénaline et mon cortisol seront au bon niveau, j'en suis sûre, si je suis autorisée à être avec Khrys.

Tout mon corps tremble sous l'anxiété, mais en réalité, j'ai besoin de la présence de mon compagnon pour ne pas m'évanouir ou m'effondrer sous l'angoisse. Je m'accroche à lui et essaie de ne pas entrer en hyperventilation.

— Vous voyez ?

Je parviens à montrer mon poignet. Le stupide bracelet n'affiche que des lumières vertes. J'ignore leur signification, mais apparemment, elles donnent des indications sur ma santé.

Le docteur Daneth émet un son d'approbation.

— C'est très bien. Bien plus rapide que je m'y attendais compte tenu de son état initial.

Le roi nous regarde tous les deux, ses yeux parcourent nos visages.

— Hmm.

Il hoche la tête pour lui-même.

— Docteur Daneth, s'il vous plaît, emmène-la dans l'aile médicale.

J'ignore si c'est un oui, s'il a accepté ma proposition, ou si ça signifie que nous faisons ce qu'il veut et qu'il mettra quand même Khrys en prison.

Mais je me suis offerte et je ne reviendrai pas sur ma parole.

Le Zandian à l'air sévère de l'aile médicale avance vers moi.

— Je suis heureux que tu aies changé d'idée, dit-il sans intonation, mais la vivacité de ses mouvements indique qu'il est en effet enthousiaste. S'il te plaît, viens avec moi.

Il montre le chemin devant lui.

— L'un de nos jeunes est à l'article de la mort et il nous faut tes anticorps le plus rapidement possible.

Je m'arrête et regarde derrière moi.

— S'il te plaît. J'ai... besoin de Khrys. Il peut rester avec moi pendant le protocole ? demandé-je d'une voix tremblante.

Je veux être courageuse, mais qui sait ce qu'il se passera quand je verrai l'aiguille ? Khrys me donne de la force, toutefois. Il rend tout ça supportable.

Un long et terrible silence plane, puis le roi dit :

— Oui. Va avec ta compagne, capitaine Khrys.

Je soupire de soulagement et je tends le bras pour saisir la main de celui-ci.

— Oh, merci, merci ! m'écrié-je.

Mais j'ai déjà enfoui mon visage dans l'épaule de mon guerrier et j'ignore si Zander m'entend. Tout ce que je sais, c'est que ma vie commence à prendre un tournant que je n'aurais jamais cru possible.

— Capitaine Khrys, reviens pour la prochaine rotation planétaire, ordonne le roi. Je voudrais discuter de certains problèmes avec toi.

— Oui, Monseigneur, accepte Khrys.

Sa voix est aussi pleine de soulagement que la mienne, toutefois. Il est évident que si le souverain est toujours en colère, le destin de mon compagnon ne sera pas mauvais. Et nous serons ensemble, ce qui est la chose la plus importante de l'Univers.

* * *

Khrys

Kailani semble terrifiée, mais elle est assise sur le banc lisse et tend le bras sur la table immaculée comme le lui a demandé le docteur Daneth. Je suis à côté d'elle et lui tiens l'autre main.

Bayla se tourne vers nous avec un doux sourire.

— Je sais que tu as peur.

Elle touche l'épaule de Kailani. Elle parle à voix basse et se montre rassurante.

— Nous allons commencer par te donner un anesthésiant pour éviter que tu aies mal. Ensuite, nous utiliserons une série d'aiguilles pour extraire du sang et de la moelle osseuse. Tu vas ressentir une pression, mais aucune douleur. Ton bras sera douloureux pendant quelques cycles planétaires, mais tu vas guérir comme s'il ne s'était rien passé.

— D'accord. Je peux le faire. Je veux être utile.

Kailani me serre fermement les doigts.

— C'est une aide énorme. Tu pourrais être la réponse.

Bayla sort un dispositif holographique de sa poche.

— Je vais te montrer quelque chose, Kailani.

Elle appuie et une image prend vie. Je me penche au-dessus moi aussi et elle me tend l'appareil pour que je puisse le tenir et que nous puissions voir tous les deux.

— C'est un jeune Zandian avant la maladie.

Sur l'écran, un métis, incroyablement petit, court vers une femelle humaine, les bras remplis de branches.

— Maman ! crie-t-il le visage brillant d'excitation. Regarde ce que j'ai trouvé ! Je vais construire un énorme fort.

Il laisse tomber son butin et la femme le blottit contre elle. Il glousse, gigote et enserre le cou de sa mère de ses bras potelés et violets.

Puis une nouvelle image apparaît. C'est le même garçon, mais maintenant, il est sans énergie, respire péniblement, les yeux fermés. Le visage de sa mère est tiré et strié de larmes.

— Son état empire, murmure-t-elle. Sa respiration devient plus difficile. Je ne sais pas...

L'holo zoome sur la tête du garçon. Il est pâle et trempé. Il est à des années-lumière du robuste petit bonhomme qui courait et jouait.

Bayla récupère l'appareil.

— Ce n'est qu'un exemple. Des douzaines de jeunes sont malades. Ils pourraient mourir. Ils sont l'avenir de Zandia. Et des humains.

Elle touche la main de Kailani.

— Nous pensons que ton sang contient les anticorps pour les sauver, Kailani.

— Faites-le maintenant. Je n'ai plus peur. Je veux aider.

Elle prend une grande inspiration.

Le médecin revient. Il affiche toujours un air sérieux.

— Tu ne vas pas tressaillir ou reculer, n'est-ce pas ? C'est important que tu demeures immobile pendant le protocole. Je sais que tu n'aimes pas être attachée.

C'est peu de le dire. J'attends que Kailani panique, mais elle reste stoïque.

Elle secoue la tête.

— Non. Je reste là. Je ne bougerai pas.

Je lui serre la main d'une manière rassurante et elle me sourit.

Elle tressaille à peine lorsque le médecin applique l'anesthésiant sur son bras. Et elle fixe directement l'aiguille quand elle lui perce la peau.

Je suis fasciné en regardant son sang bien rouge remonter dans le tube et j'observe son visage avec inquiétude, mais elle va bien. Elle paraît satisfaite.

— Vous pouvez en prendre plus, propose-t-elle.

— C'est tout ce dont nous avons besoin.

Le médecin finit le prélèvement et s'éloigne de la table. Il met la fiole dans une machine qui tourne et bipe.

— Tout semble dans les paramètres et normal. Merci, Kailani. C'est exactement ce qu'il nous fallait !

Il est inhabituellement enthousiaste.

— C'est parfait. Tu peux préparer le deuxième extracteur ? demande-t-il à Bayla.

— La deuxième aiguille sera plus grosse, nous avertit celle-ci. Tu préfères peut-être fermer les yeux ? Ça ne fera pas mal, mais ça peut te contrarier de regarder.

— Je *veux* regarder, répond Kailani d'une voix ferme. Je *veux* voir ces trucs magiques sortir de moi pour aider les bébés.

Une larme se forme au coin de son œil. Elle commence à pleurer.

— Je suis faite de bonnes choses, Khrys. Pendant si longtemps, je n'ai été qu'un outil. Maintenant, je suis plus que ça. Je veux voir tous les bienfaits. Pour savoir qu'ils sont réels.

J'essuie sa larme de mes doigts. Je l'embrasse doucement.

— Ma belle petite guerrière, tu es merveilleuse en tout point. Et je vais te montrer tous les jours à quel point tu l'es.

Ma voix est étrangement tremblante aussi. *Bordix*, j'ai peut-être été infecté par ses émotions ! Ma vision est un peu trouble.

— Très bien, c'est la dernière aiguille maintenant.

Le médecin approche.

Kailani inspire profondément et ne bouge pas un muscle pendant le prélèvement.

Quand tout est terminé, je la prends dans mes bras.

— Tu l'as fait. Tu es incroyable !

Renee Rose & Rebel West

— Ça n'a même pas été douloureux, murmure-t-elle à mon oreille. Et je suis là. Tout s'est bien passé.

— Il ne t'arrivera plus jamais de mal, lui assuré-je. Je m'y engage.

— Tu peux la ramener à la maison, nous interrompt le médecin. Assure-toi qu'elle ait beaucoup de nutriments, y compris ces tubes de vitamines.

Il lui donne un paquet.

— Maintenant, si vous voulez bien m'excuser, je vais emporter ça dans mon laboratoire et commencer à travailler.

Il prépare un kit et s'active dans l'officine.

— Kailani, tu dois revenir dans trois rotations planétaires pour le suivi, indique Bayla en posant un petit bandage sur les points de prélèvement. Nous devons nous assurer que tout va bien.

— D'accord.

Kailani sourit. Je sais qu'elle peut marcher, mais je la soulève de terre quand même.

— Je t'emmène à mon domicile, lui dis-je. Le nôtre désormais. Nous pourrons en avoir un plus beau maintenant que tu es là avec moi.

Elle enveloppe mon cou de ses bras.

— Je me fous de son apparence. Tant que nous sommes ensemble.

Le soleil est chaud sur ma nuque quand je traverse la place. Des êtres nous observent, mais je m'en moque, et je ne m'arrête pas pour les présentations. Ils rencontreront Kailani bien assez tôt et pour le moment, je n'ai qu'une idée à l'esprit.

— Tu as parlé de bonnes choses en toi, lui murmuré-je. J'en ai de *très* bonnes que je projette de mettre en toi dès que nous serons seuls.

— Ooh, j'aime ça ! répond-elle immédiatement en me

mordillant le lobe de l'oreille. J'ai envie que tu me remplisses au moins trois ou quatre fois au cours de cette rotation planétaire.

Je grogne et mon sexe durcit dans mon pantalon.

— Au cours de celle-ci et de toutes les suivantes, petite guerrière. Et je vais sûrement devoir te donner la fessée quelquefois, pour te rappeler de te comporter correctement en tant que citoyenne zandianne.

— Bien sûr, acquiesce-t-elle. Il se pourrait que j'aie besoin de plus d'une leçon.

Je peux lui rendre ce service.

Chapitre Quatorze

Kailani

Son domicile n'est pas riche ni chic, mais l'ensemble de deux pièces – une principale avec un emplacement pour dormir et une salle de bain séparée – est propre et bien organisé. J'examine les alentours, curieuse, je fais courir ma main sur le banc lisse, tout en regardant la vue par la fenêtre. Elle surplombe une rue animée.

Je me tourne vers lui et souris.

— J'aime bien. Il a tout ce dont nous avons besoin.

— Je suppose que c'est un peu mieux que la caverne sur Dentron.

Il vient vers moi et me caresse la joue d'un doigt.

— Oh, certaines choses dans la grotte étaient appréciables !

Je blottis mon corps contre le sien de façon que mes seins soient en contact avec sa tunique.

— Les rochers ?

Il déchire son haut et ses superbes muscles apparaissent.

Je hausse les épaules.

— Peut-être les branches sèches. J'ai entendu que les humains les aimaient.

Il enlève son pantalon et bien que j'aie déjà admiré son sexe à maintes reprises, sa vue m'étourdit de désir.

— Déshabille-toi pour moi, petite guerrière.

Je retire mes vêtements vaporeux.

— Ce n'étaient pas les branches. Réessaie.

— Le paysage.

— Oh, j'apprécie celui que j'ai devant moi, crois-moi !

Je souris devant son merveilleux corps nu.

— Je l'admirerais avec plaisir tout le temps, précisé-je.

Je m'éloigne quand il tente de me toucher.

— Je vais le regarder d'ici, pour avoir une vue d'ensemble.

Il s'esclaffe.

— Tu as assez joué. Ramène ton délectable petit derrière sur le lit, à quatre pattes, et présente tes fesses à ton maître.

— C'est supposé être toi ?

Je lève un sourcil.

Puis je hurle de rire quand il vient vers moi, rapide comme l'éclair, pour me récupérer.

— Tu le sais, ma petite.

Il s'assoit et me pose sur ses genoux.

— Malheureusement pour toi, je vais devoir te le remémorer avec la paume de ma main.

Il me donne une claque sur le derrière, bien fort. Une fois, puis une autre.

— Les humains sur Zandia doivent être obéissants

envers leur tuteur. Tu es suffisamment insolente pour que je sois obligé de te corriger souvent pour te garder docile.

— Aïe !

Je glapis bien que j'aime cette petite douleur, qui me rappelle combien d'orgasmes incroyables sont en route.

— Tu vas en recevoir vingt, décide-t-il. Ça devrait être assez pour te convaincre de me présenter ton joli petit derrière immédiatement quand je le demande.

Les claques tombent les unes après les autres.

— La prochaine fois que je te le réclamerai, je veux que tu m'obéisses instantanément.

— Oui, maître, soufflé-je quand la brûlure grandit. Je te le promets. S'il te plaît !

Il m'effleure les fesses.

— Tu es prête à faire ce que je t'ordonne ?

— Oui, s'il te plaît, gémis-je.

Quand il me relâche, je me retourne et me mets à quatre pattes, écartant suffisamment les jambes pour qu'il voie mon sexe – exactement comme il l'aime.

— Très bien, chuchote-t-il en venant vers moi pour caresser mon postérieur douloureux. Remonte juste un peu les hanches. Précisément comme ça. Souviens-toi de cette position pour la prochaine fois.

— Oui, maître, murmuré-je en rajustant mon corps. J'ai envie de toi.

— Et tu m'auras. Dans un petit instant.

Il se lève du lit et j'entends un bruit quand il ouvre un placard.

— Tu fais quoi ?

J'essaie de regarder par-dessus mon épaule.

— Ne bouge pas, ordonne-t-il d'une voix douce, mais ferme.

Alors je ramène mes yeux vers la couverture et m'assure que mes hanches sont bien placées et hautes.

Quand il revient, il me touche délicatement le dos.

— Le docteur Daneth a recommandé cet outil à utiliser sur les femelles humaines. Je vais voir comment tu y réagis.

Il jette quelque chose sur le lit près de mon mollet, mais je ne parviens pas à voir ce que c'est.

Je fais un petit bruit d'incertitude et il glousse.

— Je pense que tu finiras par apprécier. C'est un plug qui va...

Il pose un doigt sur mon anus exposé.

— ... ici.

Je crie et j'essaie de refermer mes jambes, mais il a anticipé ma réaction et il se saisit de mes cuisses de ses mains puissantes.

— Détends-toi, m'apaise-t-il. Je t'ai déjà fait quelque chose que tu n'as pas aimé ?

— Non, maître, murmuré-je.

— Alors, fais-moi confiance.

— Oui, maître.

Ce plug me rend nerveuse, mais il n'a pas tort. Toutes les choses intimes qu'il me fait finissent par me procurer un plaisir immense, je décide donc de me décontracter et de profiter de cette nouvelle expérience avec lui.

— Je l'ai lubrifié.

Il pose quelque chose de froid à mon entrée.

— Garde tes muscles détendus et il glissera plus facilement, Kailani.

— Hiii !

Je remue instinctivement les hanches.

Il me donne une fessée.

— Ne bouge pas.

Puis j'entends le bruit d'un couvercle et il fait couler un liquide sur mon postérieur.

— Je vais d'abord me servir de mes doigts pour t'habituer.

Il utilise un index pour étaler la lotion sur ma fente et il finit par l'insérer. Je pousse un petit gémissement quand il l'introduit, mais je tente de me détendre comme il me l'a ordonné. Au départ, c'est serré et étrange, mais au fur et à mesure des va-et-vient, profondément pour commencer, puis en jouant avec les bordures de mon anus, ça devient... agréable.

Vraiment agréable.

Je remue et halète.

— Khrys.

— Tu aimes ? demande-t-il en riant. Je m'en doutais.

Il en insère un second pour accompagner le premier.

— Aïe, oh !

Je prends une inspiration – ça fait mal une seconde, puis c'est encore mieux qu'avant.

Il fait entrer et sortir ses doigts avec une main et il excite mes mamelons de l'autre. Je ne mets pas longtemps à onduler mes hanches en rythme, je désire en avoir plus.

— Hmm ! Je pense que tu es prête.

Il retire tout.

— Demande-moi le plug, Kailani. Tu n'auras pas mon sexe aujourd'hui, pas tant que tu n'auras pas profité d'une bonne session avec lui, alors je suggère que tu fasses ta requête très gentiment pour me convaincre de l'insérer dans ton joli petit derrière.

— S'il te plaît, Khrys. Je veux ce...

Je déglutis. Je rougis. Je n'ai pas envie de le demander.

Il me donne une claque sur le postérieur.

— Qu'est-ce que tu veux ?

— Je veux... s'il te plaît, mets le plug dans mon anus.

Je n'ai qu'un filet de voix, mais je parviens à prononcer les mots.

— Bien sûr.

Il appuie l'accessoire à l'entrée entre mes fesses.

— Je le ferai avec plaisir, petite humaine.

Cette fois, parce que mon corps est préparé, le plug glisse tout seul.

— Ça va te faire un peu mal, mais ensuite, ce sera agréable, m'avertit-il.

— Aïe !

Les abords de mon anus brûlent lorsque la partie la plus large me pénètre. Je suis sur le point de lui demander de l'enlever quand il termine de l'insérer, m'apportant un sentiment de plénitude.

La douleur s'estompe. Khrys se saisit du plug et commence à jouer avec – il le retire à moitié et le repositionne. Il le tourne.

Chaque sensation m'enflamme comme jamais et je sais que je vais bientôt devoir jouir.

— Khrys, s'il te plaît, dis-je en haletant.

Il le remet complètement en moi et me donne une fessée par-dessus. J'explose pratiquement sur place.

— Oh, par les étoiles ! marmonné-je.

— *Bordix*, Kailani, je ne peux pas attendre plus longtemps !

Il s'installe derrière moi et son sexe appuie contre le mien.

— Tu es prête pour une bonne partie de jambe en l'air ?

— Oui, par les étoiles, s'il te plaît !

Comme toujours, son énorme érection entre tout juste, même lorsque je suis humide, puis quand il est en moi, je voudrais que ça ne se termine jamais.

Il m'attrape les hanches et me donne des coups des reins, d'abord doucement, puis plus fort.

— C'est mieux avec le plug en plus ?

Il se retire avant de se glisser à nouveau en moi, si fort que je dois me maintenir avec mes coudes et mes avant-bras sur le lit.

— Oui, murmuré-je. Oui.

Le parfum de mon excitation emplit l'air – une odeur enivrante qui m'exalte encore plus.

Puis les mots deviennent inutiles quand le rythme prend le dessus. Nous nous mouvons comme un seul être jusqu'à ce que le plaisir explose en moi et que je crie de jouissance lorsque lui aussi atteint le paroxysme de la volupté.

Son orgasme m'emmène vers de plus hautes sphères de la passion et je jouis en boucle, tout mon corps s'imprègne de cette sensation miraculeuse.

Au bout d'un moment, il roule sur le flanc et s'effondre près de moi, haletant. Je suis recouverte de sueur et délirante de bonheur. J'ai juste assez d'énergie pour me mettre sur le côté et me blottir contre lui. Une main sur sa cuisse, la seconde sur ses fesses. Je reste étendue là, existant simplement et profitant de ce moment avec lui.

Khrys.

Mon compagnon.

Le temps passe et le soleil rayonne à travers la fenêtre, illuminant nos corps, faisant tout briller, du moins quand je prends la peine d'ouvrir les yeux seulement pour le regarder.

Puis...

Couic.

Un son étrange provient d'un placard de l'autre côté de la pièce.

Iiip.

— Khrys ?

Je sors de mon brouillard de bonheur. Je me relève sur mon coude.

— Il y a quelque chose... C'est quoi, ce son ? Ça vient de là.

— Hein ?

Il soulève les paupières. Je souris – il est aussi ivre de ses sentiments que moi.

— Il y a un bruit. J'ignore... tout va bien ?

Couic.

Mes yeux s'écarquillent soudainement.

— Oh, par les étoiles, Khrys, c'est... ?

Je ne veux même pas espérer, mais ça ressemble beaucoup à ma Trocie.

Il s'éclaircit la gorge et parvient à se relever.

— J'allais attendre qu'on se soit un peu détendus, mais j'ai fait quelque chose. Pour toi.

Il remet son pantalon et récupère derrière le banc un petit contenant avec des trous pour permettre à l'air d'entrer.

— J'ai l'autorisation de notre directeur de l'agriculture pour que tu la gardes. Ils ont vérifié si elle est en bonne santé et tout va bien. Elle ne peut pas se reproduire, alors...

Il ouvre la boîte et je vois un flash violet et bleu.

Couuiiic ! La créature traverse la pièce en courant, puis saute sur le lit. Elle se retrouve dans mes bras la seconde suivante, à me lécher le visage avec son étrange langue rugueuse. Elle semble ronronner du plus profond de son être.

— Ma Trocie ! Oh, Khrys ! Tu me l'as récupérée. Elle est là.

Mon cœur bondit et je ris en la serrant contre moi. Je lui fais des câlins et embrasse le dessus de sa tête.

— Et elle est toute propre. Regarde comme elle est jolie ! m'exclamé-je.

Khrys lève les yeux au ciel et croise les bras.

— Elle est tolérable. Pour ton information, je la considère toujours comme de la vermine. Mais celle-ci peut vivre... ici, consent-il en plissant le nez. Avec nous. Aussi longtemps... que tu le veux.

Il n'est de toute évidence pas enchanté par cette idée. Trocie le toise et grogne. Puis elle saute sur le rebord de la fenêtre et s'installe confortablement pour regarder l'activité extérieure.

Khrys traverse la pièce et s'assoit à côté de moi.

— Elle ne m'a mordu qu'une fois quand je suis allé la chercher dans le centre agraire, dit-il en montrant sa paume. Je parie qu'elle va finir par m'aimer.

— Oh, j'en suis certaine ! affirmé-je en lui prenant la main. Elle t'a mordu où ? Tu veux que je te donne un baiser sur ta blessure ?

— On s'en fout. Tu peux m'embrasser là.

Il m'indique son pantalon.

— Dans une zone particulière. Je suis sûr que je me sentirai mieux.

— Je ne connais qu'un moyen de le savoir.

Je lui fais un clin d'œil.

Et le reste de la rotation planétaire se passe très, très bien.

Épilogue

K *hrys*

— C'est si beau ! souffle Kailani quand nous entrons dans le jardin du palais et prenons nos places.

C'est vrai, il est exquis, rempli de fleurs et d'arbres fruitiers, de vignes et de baies partout. Des centaines de Zandians se rassemblent dans l'enceinte rebâtie pour les cérémonies et les célébrations.

Quand nous habitions dans la capsule palatiale avant de récupérer Zandia aux Finns, le roi Zander – qui était toujours le prince Zander à l'époque – donnait un banquet pour tous les Zandians vivants pendant une rotation planétaire au cours de tous les cycles lunaires. Nous avions tous le plaisir de dîner avec Zander et son équipe royale. Il s'assoyait sur son trône, écoutait les complaintes et rendait des décisions.

Maintenant que nous sommes de retour sur Zandia, que

la population a grandi et s'est étendue, les rassemblements officiels se font ici et ils sont souvent sur invitation.

Aujourd'hui, Kailani et moi sommes des hôtes spéciaux.

Le roi Zander est sur l'estrade et actionne un interrupteur pour amplifier sa voix.

— Salutation, Zandians. Et vous savez tous désormais que quand je dis Zandians, je m'adresse à ceux qui sont nés de notre espèce aussi bien qu'aux adoptés, nos compagnes et les naturalisés.

Il laisse cette information s'ancrer, son regard parcourt la foule, un mélange de Zandians, d'humains et de métis.

— Nous sommes rassemblés ici pour célébrer l'éradication complète et totale du virus Z4-A de notre planète. Tous les êtres contaminés sont maintenant intégralement rétablis. Nous n'avons répertorié aucun cas d'infection récent et nous avons un vaccin pour nous assurer que nous ne subirons pas de nouvelle percée. Joignez-vous à moi pour honorer ceux qui se sont consacrés à inventer un antidote et à s'occuper des malades. Puis-je vous présenter la première personne que nous voulons distinguer aujourd'hui, le médecin royal, le docteur Daneth ?

La foule applaudit quand il monte sur l'estrade et s'incline.

— Sa compagne et assistante, Bayla.

Elle le rejoint, fait une révérence, et se positionne à côté du soignant.

— Le capitaine Khrys, le guerrier dont les méthodes sont discutables, mais qui est allé chercher et a trouvé une réponse pour le remède sur une autre planète.

Je me lève et me penche en avant, sans quitter des yeux ma superbe humaine.

— Sa compagne, Kailani, qui a offert son sang à maintes reprises et des cellules pour nos expériences jusqu'à ce que le docteur Daneth et son équipe parviennent à développer le médicament.

Kailani monte l'escalier vers l'estrade et fait une profonde révérence avant de venir à mes côtés. Je pose mon bras autour de sa taille et je l'attire près de moi, protecteur, même si elle n'en a pas besoin.

Le roi Zander continue et témoigne de la reconnaissance aux différents membres de l'équipe, mais je m'arrête d'écouter parce que le visage de Kailani s'incline vers moi.

— Le docteur Daneth a découvert quelque chose de nouveau dans le dernier échantillon de sang que j'ai donné, chuchote-t-elle.

De l'autre côté, Bayla étire le cou pour voir ma compagne.

Je fronce les sourcils.

— C'est quoi ? murmuré-je, mon cœur battant la chamade.

— Je suis enceinte.

Son expression pourrait illuminer des milliers de lunes.

— Par les étoiles ! susurré-je en lui touchant le visage. C'est vrai ?

Je me retourne pour regarder Bayla, qui sourit aussi.

Kailani hoche la tête.

Le roi Zander finit de donner des accolades et la foule nous acclame. Je récupère ma petite guerrière pour la descendre de l'estrade, je ne fais plus confiance à ses pieds.

— Tu es en train de me dire quoi ?

Je la fais tourner. Elle s'esclaffe, son visage a le plus bel éclat.

— Nous allons avoir un jeune ? Vraiment ?

Par les étoiles, je n'en ai jamais voulu, mais maintenant, cette pensée me remplit de tellement de fierté et de joie que je peux à peine la contenir !

— Tu devrais être au lit à la maison ? On doit faire quoi ?

Je suis soudain inquiet, je dois la protéger à tout prix.

Bayla est toujours près de nous et elle rit.

— Elle va bien. Elle peut continuer à travailler avec toi en tant qu'assistante-entraîneuse jusqu'à ce que le bébé arrive. Mais ensuite, tu devras te trouver un nouvel assistant.

Je rive mon regard aux yeux bleus de ma compagne, le jardin tourne autour de moi.

— Tu me rends si heureux, petite guerrière !

Elle pose sa tête contre mon épaule et elle embrasse mon cou.

— Je le suis aussi.

— Avant de te rencontrer, ma vie s'écroulait. Mon honneur était en morceaux, je me détestais pour mes erreurs. Jamais je n'aurais pu imaginer un avenir avec autant de joie.

Au cours de cette rotation planétaire, j'ai été distingué par mon roi, aux côtés de mon incroyable compagne qui m'a aidé à mettre mes fantômes dans le passé. Celle qui est la plus grande héroïne de Zandia. Et maintenant, elle me dit que nous allons avoir un jeune, que nous allons devenir une famille. Mes yeux brûlent.

— Je pensais... si on a un garçon... on pourrait l'appeler Kyl, comme ton frère.

La douleur familière en songeant à Kyl me traverse le cœur, mais elle est suivie par un tel flot de chaleur que la peine se dissipe, elle s'envole tandis que je ne ressens plus que de l'amour. Avec Kailani à mes côtés, j'ai été capable de me défaire du trauma qui me tourmentait depuis sa mort. J'ai pu retrouver ma place de formateur sans les hoquets de confiance que j'avais auparavant.

— Oui, réussis-je à dire. J'adorerais ça.

— Je t'aime, murmure-t-elle contre ma peau.

— Je t'aime tellement, petite guerrière ! Merci. Merci pour tout ce que tu as fait pour moi. Et pour Zandia.

— Khrys, chuchote-t-elle d'une voix rauque.

— Oui, petite guerrière ?

— Ramène-moi à la maison. J'ai envie de sentir ton affection... physiquement.

Mes cornes se raidissent et palpitent. Je trébuche presque dans ma hâte en manœuvrant dans la foule pour atteindre les portes du jardin.

— Je vais te la montrer toute la nuit, petite guerrière.

— Hmm ! ronronne-t-elle en donnant un coup de langue sur le lobe de mon oreille. J'y compte bien.

Sauvée par le Zandian

Sauvée par le Zandian

Les humains mentent.

J'ai déjà appris cette leçon un jour.

Je croyais avoir trouvé une compagne, mais elle nous a tous trahis.

Hors de question que ça se reproduise.

Même quand je rencontre Sia et quatre autres femmes à l'article de la mort sur une planète abandonnée.

Même quand on me confie cette femme adorable.

Elle n'est pas honnête et me cache quelque chose.

Mais avec un peu de pression, une petite punition, je pourrais réussir à la faire parler.

À lui apprendre à obéir.

À découvrir tous ses secrets.

Parce que chaque humain a besoin d'un maître.

Et je refuse que quiconque à part moi soit le sien.

Sia m'appartient désormais.

Sauvée par le Zandian

Livre gratuit de Renee Rose

Abonnez-vous à la newsletter de Renee

Abonnez-vous à la newsletter de Renee pour recevoir livre gratuit, des scènes bonus gratuites et pour être avertie de ses nouvelles parutions !

Ouvrages de Renee Rose parus en français

www.reneeroseromance.com/francaise/

Maîtres Zandiens

Son Esclave Humaine
Sa Prisonnière Humaine
Le Dressage de Son Humaine
Sa Rebelle Humaine
Sa Vassale Humaine
Son Compagnon et Maître
Animal de Compagnie Zandien
Sa Possession Humaine

Les Épouses Zandiennes

La Nuit des Zandiens
Achetée par les Zandiens
Dominée par les Zandiens
Les Lumières de Zandia
Détenue par le Zandian
Revendiquée par le Zandian
Enlevée par le Zandian

Sauvée par le Zandian

Alpha Bad Boys

La Tentation de l'Alpha
Le Danger de l'Alpha
Le Trophée de l'Alpha
Le Défi de l'Alpha
L'Obsession de l'Alpha
L'Amour dans l'ascenseur (Histoire bonus de La Tentation de l'Alpha)
Le Désir de l'Alpha
La Guerre de l'Alpha
La Mission de l'Alpha
Le Fleau de l'Alpha
Le Secret de l'Alpha
La Proie de l'Alpha
Le Sang de l'Alpha
Le Soleil de l'Alpha
La Lune de l'Alpha
La Serment de l'Alpha
La Vengeance de l'Alpha

Les Loups-Garous de Wall Street

Grand Méchant Patron: Minuit
Grand Méchant Patron: Folie Lunaire

Le Ranch des Loups

Brut
Fauve
Féral
Sauvage
Féroce

Ne me Tente Pas
Ne m'Oblige Pas

Dompte-Moi
Son Maître Royal
Oui, Docteur
Son Maître Russe
Son Maître Marine
Soumise à leur Punition
Son Maître Pompier
Son Maître Cuistot

Alpha des montagnes
Le héros
Rebel
Le Guerrier

Série Chicago Sin
Nid de Péché
Ancré dans le Péché

À propos de Renee Rose

RENEE ROSE, AUTEURE DE BEST-SELLERS D'APRÈS USA TODAY, adore les héros alpha dominants qui ne mâchent pas leurs mots ! Elle a vendu plus d'un million d'exemplaires de romans d'amour torrides, plus ou moins coquins (surtout plus). Ses livres ont figuré dans les catégories « Happily Ever After » et « Popsugar » de USA Today. Nommée *Meilleur nouvel auteur érotique* par Eroticon USA en 2013, elle a aussi remporté le prix d'*Auteur favori de science-fiction et d'anthologie* de Spunky and Sassy, e celui de *Meilleur roman historique* de The Romance Reviews. Elle a figuré dix fois sur la liste des bestsellers de USA Today avec ses livres Bratva de Chicago, Wolf Ranch et Bad Boy Alpha et plusieurs anthologies.

Abonnez-vous à la newsletter de Renee pour recevoir des scènes bonus gratuites et pour être averti·e de ses nouvelles parutions!
https://www.subscribepage.com/reneerosefr

À propos de Rebel West

Rebel West crée des romans de science-fiction futuristes qui se déroulent sur la planète Luminar. Ses habitants sont beaux et bien pourvus, avec des abdos en béton, des yeux bleu nuit et un penchant dominateur qui va vous couper le souffle.

Rebel West coécrit la série de harem inversé des Épouses Zandiennes avec Renee Rose.

Elle écrit également des romances autonomes sous le nom d'Alexis Alvarez.